afgeschreven

Sigi en Julia

Jan Simoen

Sigi en Julia

Amsterdam · Antwerpen
Em. Querido's Uitgeverij BV
2009

www.queridokind.nl
www.jansimoen.com
www.averbode.be

Meer verhalen over Sigi vind je elke maand in *iD*,
het schooltijdschrift van uitgeverij Averbode
voor 12- tot 14-jarigen.

STICHTING NEDERLANDSE
KINDERJURY
2010

De auteur ontving voor deze uitgave een subsidie van de
Provincie West-Vlaanderen

Provincie
West-Vlaanderen
Door mensen gedreven

Omslagillustratie Patrick Storms
Omslagontwerp Studio Jan de Boer

ISBN 978 90 451 1041 7 / NUR 283

Voor mijn moeder

Deel 1

Alleen de mist kan dichter worden

1 Mijn merkwaardig taalgevoel

Nu heb ik er echt genoeg van.

Heb ik net zo'n geniaal gedicht geschreven, en wéér vindt die idioot van een Vandromme dat er van alles aan scheelt! Persoonlijk vind ik het nochtans het beste dat ik ooit geschreven heb. Luister maar. Het heet 'Waspoeders' en het gaat als volgt:

WASPOEDERS
door Sigiswald Vandebeek

Waspoeders!
Weerloos worden zij in witte machines geworpen
Waar zij
Verdrinken,
Oplossen,
Vergaan,
Als druipnatte drenkelingen
In een wilde poel van kolkend kokend water!

Maar kijk: plots krijgen zij enor-
me krachten!*
Als X-Men in de wilde warme gol-
ven!

* Ja, soms splits ik woorden zonder goed te weten waarom. Dichters vinden dat cool.

9

30 graden!
40 graden!
60 graden!
100 graden!

Hoe heter, hoe beter!

2 maal
   3 maal
      4 maal

witter wassen zij
tot het haast niet witter kan!
Als mutanten van de witte wasmachine wor-
den zij de kokende kampioenen van de prachtige proper-
   heid!

Maar waarom, o waarom
Waarom maken zij onze kleren schoner
En ons milieu zo vuil!???

Geef toe, dat is toch redelijk geniaal?? De hele milieu-problematiek, de moderne techniek en actuele films (*X-men*: echt de max, jongen!) verwerkt in één enkel gedicht. Je moet het maar doen!

Maar de Vandrommeling (voortaan noem ik hem zo, omdat dat rijmt op ellendeling) vond het maar niks. Het opgelegde thema ('Prille liefde') kwam zogezegd onvoldoende aan bod en er scheelde van alles aan mijn zinsbouw, beweerde hij. Pff, en dat noemt zich dan een leraar Nederlands!

En de hele klas viel in slaap terwijl ik het voorlas, de

bende analfabeten. Deevid deed wel alsof hij luisterde, maar hij zat gewoon naar de borsten van Lilith te staren, ik zag het wel, en Lilith deed alsof ze niks in de gaten had, zoals gewoonlijk, maar daar is meer aan de hand tussen die twee, reken maar! Ik heb daar een neus voor. Kristof was iets in zijn bank aan het kerven met een passer, en Alex zat zoals gewoonlijk met zijn wijsvinger diep in zijn neus, en vervolgens bekeek hij uitgebreid zijn neuskeutels en stak ze vervolgens voorzichtig proevend in zijn mond. David (niet te verwarren met Deevid) was Franse onregelmatige werkwoorden aan het leren, Sylvie schreef iets op de hand van Silke, en Koen was zo hard aan 't geeuwen dat ik recht in zijn keel kon kijken, ik zag zelfs zijn huig.* En Heidelinde, zogezegd de liefde van mijn leven, was haar nagels aan het lakken! Na de les kreeg ik ruzie met haar omdat ze haar nagels belangrijker vond dan mijn merkwaardig taalgevoel, maar zij zei dat dat niet waar was. Ze had wél geluisterd want vrouwen kunnen nu eenmaal meerdere dingen tegelijk doen.

'O ja?' vroeg ik. 'Wat vond je er dan van?'

'Lelijk,' zei ze.

'Lelijk?? Lelijk???'

'Het laatste woord was lelijk. Zie je wel dat ik geluisterd heb?'

Vrouwen!

Boos liep ik weg over het schoolplein en ging tegen

---

*Zoals op een foto van een open mond met flitslicht van heel dichtbij genomen, zie je 't zo'n beetje voor je? Is eigenlijk vrij walgelijk. Maar er zijn wel meer dingen walgelijk aan de binnenkant van ons lijf als je 't nagaat. Oorsmeer bijvoorbeeld. Of snot.

een paal leunen en probeerde er heel gekrenkt en ont-goocheld uit te zien, maar dat mislukte een beetje want ik had niet gezien dat die paal een doelpaal was en na vijf seconden kreeg ik een voetbal tegen mijn kop en die breindode voetballers begonnen mij nog uit te schelden ook, omdat ik zogezegd een doelpunt verhinderd had. In plaats van bezorgd te zijn, ja! Mijn hoofd tolde als een draaikolk, misschien had ik wel een hersenschudding. Nu ja, voetballers kunnen zich niet inbeelden wat dat is, een hersenschudding, het zal hen nooit overkomen, want je kunt niet schudden wat je niet hebt, ha ha!

Ik ging wat verderop tegen de grote kastanjeboom leunen en probeerde na te denken over mijn carrière als dichter, toen er plots iemand op mijn schouder tikte. Ik draaide me om en keek recht in de zwart geschminkte ogen van Johnny Emo. Johnny Emo heet eigenlijk Se-bastiaan Van Duren, maar we noemen hem Johnny Emo omdat hij vorig jaar nog een Johnny was, je weet wel, met Buffalo's en lang nekhaar en een stom petje met een eendenbek en zo, maar vorige zomer is hij naar Schot-land op vakantie geweest en nu is hij een echte emo ge-worden*: hij draagt zwarte handschoenen zonder vingers en een lange zwarte jas en hij schminkt zijn ogen zwart (tenminste, als het niet regent) en hij heeft zijn haar in lange pieken omhoog gezet met Velpon, en hij luistert naar Duitse groepen die muziek maken met kerkorgels en dreigende basstemmen.

Johnny Emo keek mij ongeveer een volle minuut doordringend aan en sprak toen mompelend: 'Het schijnt dat jij coole gedichten schrijft.'

---

*In Schotland is 90% van de bevolking emo. Dat is bewezen.

'Ja, en?' mompelde ik terug.

'Waarom kom je niet eens langs bij ons? We vergaderen elke donderdag om half één, onder het grote podium.'

'En waarom zou ik dat doen?' antwoordde ik stoer, terwijl ik mijn ogen tot spleetjes kneep. Als hij zijn ogen kon schminken, dan kon ik evengoed de mijne tot spleetjes knijpen. 'En daarbij, wie is *ons*?'

'Je ziet maar,' zei hij. 'We hebben niemand nodig.'

'Ja maar, als je niemand nodig hebt, waarom...?'

'Je bekijkt het maar, man... Tchaw.'

En hij was weg, nog voor ik de tijd had gehad om tchaw terug te zeggen. Ik wist niet wat dat was, tchaw, ik vermoedde een groet van dichters onder elkaar, afkomstig uit een of andere geheime indianentaal. Moest ik dringend eens opzoeken.

Ik had geen flauw benul waar het grote podium van onze school was en ik wist ook niet wie 'ons' was, maar het interesseerde me wel want

a. het had hoogstwaarschijnlijk iets met gedichten en dichters te maken, en dat was echt iets voor mij, met mijn merkwaardig taalgevoel en

b. het deed me vaagweg denken aan *Dead Poets Society**, en dat is een film die ik al minstens 217 keer gezien heb, want mijn moeder kijkt daar bijna elke zaterdag naar, en ze moet altijd huilen als die ene jongen zelfmoord gaat plegen. Ik begrijp dat niet. Als iemand voor de 217e keer zelfmoord pleegt, dan huil je toch niet meer? En elke

---

*Voor de marsmannetjes onder jullie die geen Engels verstaan: de Club van de Dode Dichters.

keer knijpt ze mijn hand haast fijn, 't is een mirakel dat ik nog geen vinger gebroken heb. Maar dat is nog niet het ergste, want meestal duwt ze dan ook nog eens haar doorweekte zakdoek onder mijn neus, en dat is er echt een beetje over, vind ik. Ik wil best wel solidair zijn met mijn moeder als ze droevig is en zo, maar ze moet niet overdrijven en háár snot in míjn neus duwen. Zeker geen 217 keer.

Enfin, wat ik eigenlijk wou zeggen: ik had best wel zin om zo'n bijeenkomst onder het podium mee te maken, want in die film doen die gasten allerlei coole dingen (voor ze zelfmoord plegen natuurlijk), zoals gedichten voorlezen in grotten en bier drinken en sigaren roken en dan misselijk worden en overgeven en zo.

En dus propte ik donderdagmiddag mijn boterhammen met ricotta en rucola en pruimtomaten (mijn moeder was in een Italiaanse fase) supersnel door mijn strot, vroeg Stinky Alex uit over dat podium en hoe je daar onder kon komen (Alex kent bijna alle rare plekjes op school, dat komt omdat hij dikwijls alleen op pad is, en dát komt dan weer omdat hij zo stinkt), ik liet een luide boer (Stinky Alex wierp me een respectvolle blik toe) en begaf mij naar de plaats van de bijeenkomst. Ik duwde tegen een klein deurtje in de gang achter de drankautomaten, stommelde een gammel trapje af, liep door een muf stinkend gangetje, stootte mijn kop aan een laag plafond en kwam ten slotte in een soort kelder terecht. Daar zag ik, in een flauw schijnsel van een kaars een soort dinges... eh... iets donkers. Ik bedoel: in het duister zag ik iets donkers bewegen, maar het kon ook zijn dat er niets bewoog.

'Hoi, ik ben Sigi!' zei ik enthousiast.

'Nee hoor, jij bent niemand,' zei een hese stem, er-gens in het donker.

2 Ik ben niemand

'Wie zei dat daar?' wilde ik kwaad vragen, maar ik zweeg, want ik zag echt geen bal in de duisternis, enkel een paar vage donkere vormen dus, maar dat konden evengoed tafelpoten of pilaren zijn, en het staat nogal belachelijk als je tegen een pilaar of een tafelpoot staat te schelden. Dus beet ik op mijn lip, en aan de andere kant bleef het ook stil. Na een paar minuten begonnen mijn ogen een beetje aan het duister te wennen, en ik onderscheidde een paar menselijke vormen, die in allerlei slappe houdingen over een paar oude stoelen en sofa's gedrapeerd lagen. En na nog een paar minuten zag ik wie het waren: hoofdzakelijk oudere leerlingen, derdejaars en vierdejaars, en zelfs twee zesdejaars. Ik slikte. O jee, Sigi, waar ben je nu weer terechtgekomen?

Toen zag ik Johnny Emo hangen op de leuning van een oude sofa, en ik zei stomweg 'Tchaw Johnny' tegen hem, maar dat had ik beter niet kunnen doen, want ineens weergalmde er een akelig gelach door de kelder.

'Wauw, het spreekt!'

'En hoe!'

'Tchaw! Ha ha! Het zei tchaw!'

Toen werd ik kwaad.

'Ja, zeg, als het zo zit, stik dan maar! Ik ben hier weg! Tchaw iedereen!'

Met een ruk draaide ik me om, maar toen voelde ik ineens een zware hand op mijn schouder.

'Hé, niemand,' bromde een hese stem. 'Wacht eens even.'

Ik schudde zijn hand van mijn schouder.

'Ik ben niet niemand, ik ben Sigi,' siste ik.

'Jij bent wél niemand...' zei de stem onverstoorbaar.

'Maar...'

'...maar we hebben niemand nodig!'

Ik fronste mijn wenkbrauwen en dacht razendsnel na. Wacht eens even. (W817, ha ha!) Wat had die gast nu net gezegd? *We hebben niemand nodig.* En wie was er 'niemand'? Ik toch? Dus... Mijn gezicht klaarde op.

'Aha! Jullie hebben *mij* nod...!'

Traag handgeklap klonk om mij heen.

'Hallelujah, vrienden, hij heeft het door.'

'En zo snel, wow.'

'Minder dan een halfuur, da's niet slecht voor een analfabeet...'

'Hela, hela, analfabeet!' protesteerde ik. 'Ik kan wel lez...!'

'Zwijgen, niemand,' onderbrak de hese stem me. 'Onthoud regel nummer één: niemand moet hier zwijgen. En regel nummer twee: niemand moet een proef afleggen voor hij mag spreken en íemand wordt...'

Weer dacht ik razendsnel na. *Niemand moet zwijgen.* Oké, dacht ik, ik zal wel zwijgen. Voorlopig toch, want lang houd ik dat niet vol, ik ken mezelf. *En niemand moet een proef afleggen.* Oké, dat wil ik ook wel doen, want dat hoort zo bij geheime clubs. Als het maar geen sportproef is, zoals een bal drie keer in een goal stampen, of een kilometer bergop fietsen, want dan kunnen ze de pot op, dat doe ik niet. En ik wil ook wel eens het gezicht zien van die kerel met zijn hese stem.

En dus draai ik me om en ik zie... niks. Die met z'n hese stem staat netjes met z'n kop in de schaduw. Shit, dat is handig gedaan. Maar goed, ik schraap m'n keel en ik zeg: 'Oké, niemand is akkoord, en niemand wil een proef afleggen. Maar op één voorwaarde, en dat is dat die proef geen sportproef is, want dat wil niemand. Enfin, ik bedoel: dat wil niemand *niet*! Oké?'

Even blijft het stil, dan barst er een luid applaus los, dat overgaat in een ritmisch geklap en geroep: 'GEEN SPORT, GEEN SPORT, GEEN SPORT!'

Tof, denk ik. Dat valt hier best mee.

Dan komt de gast met de hese stem uit de schaduw en hij heft zijn hand op. Meteen verstomt het geroep. Wauw, net als in die film, een echte leider of opperdichter of zoiets. En ik zie dat hij naar me glimlacht. Maar ik glimlach niet terug, want mijn mond valt open van verbazing, en met een wijd open mond kun je heel moeilijk glimlachen, probeer het maar eens als je me niet gelooft. En waarom is mijn mond opengevallen van verbazing? Omdat die kerel een gezicht vol pukkels heeft dat je niet voor mogelijk houdt! Nee, echt, het is een maanlandschap, dat gezicht, het is een boterham met rozijnen, het is een grasveld vol molshopen, het is een Snickers maxi plus kingsize! Zoveel pukkels heb ik van mijn leven nog niet gezien, niet eens op tien gezichten samen. Het is waarschijnlijk iemand uit de hogere jaren, want ik heb hem nog nooit gezien op onze speelplaats.* Natuurlijk

---

*Ik zit op een megaschool met wel vier speelplaatsen, en die zijn in principe alleen toegankelijk voor bepaalde groepen leerlingen, maar soms ook voor andere groepen. Tijdens de ochtendpauze mogen wij eerste- en tweedejaars enkel op onze eigen speel-

heeft hij me zien staren, mijn onderste lip hangt zowat op mijn knieën, zijn gezicht betrekt en hij sist tussen zijn tanden: 'Is er iets, niemand?'

En ik stamel: 'O nee, niks hoor! Niemand is dol op pukkels...'

O shit, heb ik dat gezegd? Heb ik dat écht gezegd? Ja, nu kan ik het wel schudden, *of course*. Ik bijt woedend op mijn onderste lip (die ik net weer opgetrokken heb), maar tot mijn opperste verbazing (mijn onderste lip valt weer tot halverwege mijn knieën) begint de Pukkel weer te grijnzen.

'Je bevalt me, niemand,' zegt hij. 'Kom hier, dan vertel ik je welke proef je moet afleggen. Ik zal het in je oor fluisteren, want hij moet geheim blijven.'

Natuurlijk moet hij geheim blijven, ha ha! Hoe kan een geheime club nu geheim zijn zonder geheime proeven?!

'Oké,' zeg ik, en ik breng mijn oor tot vlak bij zijn mond. De Pukkel begint in mijn oor te fluisteren, en als

plaats en de derde- en vierdejaars mogen enkel op onze speelplaats komen als de kleine apen van het basisonderwijs terzelfdertijd hun pauze hebben, want dan is hun speelplaats te klein. Die van de derde- en vierdejaars, bedoel ik. En tijdens de middagpauze mogen wij vanaf twintig voor één op hun speelplaats, maar zij niet op de onze, tenzij zij het eerste uur van de namiddag sport hebben, want de sporthal grenst aan onze speelplaats, en wij mogen vanaf tien over één even naar de grote speelplaats (waar dus ook de vijfde- en zesdejaars staan) om naar de wc te gaan, want op dat moment gaan alle derde- en vierdejaars naar de wc op onze speelplaats en dan zijn er te lange wachtrijen bij onze wc's. Maar dan mogen de zesdejaars niet naar onze speelplaats. Snap je? Nee zeker? Dat dacht ik al.

hij klaar is met fluisteren, is al het bloed uit mijn gezicht weggetrokken. Ontzet staar ik hem aan.

'Dat kan niemand,' stamel ik.

'Precies,' zegt de Pukkel. 'Veel geluk, niemand!'

3 Alex

Alex is een coole gast, echt waar. Hij is grappig, hij studeert haast nooit, probeert altijd te spieken, komt vaak te laat, krijgt bijna alle dagen strafwerk (dat hij niet maakt), hij vergeet zijn handboek en zijn huiswerk en hij trapt lol in de les, daar alleen op de achterste bank. Hij plakt kilo's kauwgum onder aan zijn stoel, hij gooit met vliegtuigjes in de les, hij stelt onnozele vragen aan mevrouw God ('Hé mevrouw, die BMW, mag dat wel van God?' – want mevrouw God is onze lerares godsdienst, maar ze komt wel met een lekkere zwarte BMW naar school!) en op de speelplaats vertelt hij de nieuwste moppen, bijvoorbeeld die van Jezus en Pinokkio, die is echt zó goed, maar ik ben wel vergeten hoe die gaat. Of die van Batman en de non: op een keer komt Batman in een café en hij begint op een non te meppen en... of nee, zo ging die niet... enfin, Alex kan die dus wél perfect vertellen, hè! Nee, echt, Alex is bijna de volmaakte vriend. Bijna.

Want Alex heeft één nadeel.

Hij stinkt.

't Is heus niet voor niets dat hij alleen op een bank zit, achteraan in de klas. Hij stinkt echt uren in de wind. Voortdurend cirkelen er kleine fruitvliegjes rond zijn kop en aan zijn neus hangt altijd altijd een snotpegel van minstens drie centimeter. En als hij hard lacht wordt die pegel nog een paar centimeter langer (want Alex lacht altijd door zijn neus) en soms snuift hij die pegel dan ook op, door zijn neusgat, echt waar en ongelogen! Zijn haar hangt in slierten aan zijn schedel en het is zo vettig dat je er frieten in kan bakken. Zijn kleren staan stijf van het vuil, zijn voeten stinken naar kaas, zijn oren (of wat je daarvan kan zien) zitten vol smeer, en hij peutert het er altijd uit met zijn balpen, en dan stopt hij die in zijn mond, en dan gaat hij daar ook nog eens mee schrijven! Met die balpen en jawel, ook met dat oorsmeer! Hallelujah de leraar die het huiswerk van Alex moet nakijken, want dat ziet er altijd lichtbruin uit... En hij stinkt natuurlijk ook altijd uit zijn bek, alsof hij constant op een teentje knoflook zit te kauwen... Kortom: ALLES stinkt aan Alex.

Eén keer, één keer ben ik in de eetzaal naast hem gaan zitten, omdat er geen enkele andere plaats meer vrij was. En ik had meteen prijs, want net toen ik ging zitten deed Alex zijn broodtrommel open en een walm van oude sokken en verse kots dreef in mijn richting. Ik viel haast bewusteloos. Vanuit mijn ooghoek zag ik nog hoe Alex met zijn neus diep in zijn brooddoos dook en genietend de stank opsnoof. 'Mmmmm, geweldig,' kreunde hij. 'Oogballen met verse ingewanden en gebakken hersenen!'

Vervolgens liet hij een knallende boer die stonk naar rotte eieren en toen kwam hij met zijn stinkende bek vlak in mijn gezicht blazen en...

Het was op dat moment dat ik voor de eerste en enige keer in mijn leven wenste dat ik met een handicap ter wereld was gekomen. Ik wenste dat ik geboren was zonder neus.

Oké, waarom vertel ik nu van alles over Alex?

Heel simpel: ALEX IS MIJN PROEF.

Mijn proef bestaat erin dat ik de broodtrommel van

Alex steel en de inhoud ervan opeet in aanwezigheid van alle leden van de geheime-club-onder-het-podium.

Misschien had ik toch liever een sportproef gehad.

4 Goor

Ik heb al heel wat gore dingen gezien en geroken in mijn leven, bijvoorbeeld de pispamper van mijn broertje Wieland toen hij nog een baby was, of de kookkunsten van mijn moeder als ze in een gezond-voedsel-fase is. (Zwartgeblakerde blokjes tofu in azijnsaus met een slaatje van rauw bizongras!) Ik heb ook al veel gore toestanden gezien op YouTube bijvoorbeeld (man eet een drol op of man drinkt een emmer kots leeg of zoiets...) en ik heb zelfs PERSOONLIJK al heel gore dingen klaargemaakt, dat geef ik eerlijk toe, zoals die keer toen mijn moeder tegen etenstijd dringend weg moest, waarschijnlijk om hoogstpersoonlijk de planeet te gaan redden van de opwarming en het broeikaseffect en het gat in de ozonlaag. Eigenlijk ging ze gewoon naar de film van Al Gore met haar vrouwenclubje, maar mijn moeder moet af en toe eens gewichtig kunnen doen. Ik begrijp dat. Ik heb dat ook soms. Wieland heeft dat ook soms, maar van hem begrijp ik dat niet. Mocht je 't nog niet weten: Wieland is mijn debiele kleine broertje en die is zo stom dat hij het verschil niet kent tussen zijn tenen en zijn oorlelletjes. Als ik tegen hem zeg dat zijn voeten stinken ruikt hij aan zijn oksels. Ik bedoel maar.

'Jullie eten staat in de koelkast,' riep mijn moeder terwijl ze naar buiten rende en de voordeur veel te hard achter zich dichttrok. In de koelkast stond alleen een blok kaas en een half blik tomatenpuree. En in de kast vonden we een blikje ananas en een half brood.

'Wat wil je eten?' vroeg ik aan Wieland.

'Pizza Hawaï!' riep dat rund. Natuurlijk, stomme vraag van mij. Wieland wil altijd pizza Hawaï. Zijn primitieve brein is zo geprogrammeerd dat het alleen maar 'pizza Hawaï' kan denken als je hem vraagt wat hij wil eten. Als meneer Pavlov (je weet wel, die met zijn kwijlende hond) weer op aarde zou komen, zou hij vast en zeker Wieland als proefkonijn nemen: stel je voor, een écht mensenkind dat begint te kwijlen als hij alleen maar de woorden 'pizza Hawaï' hoort. Terwijl die amorfe piemel niet eens weet waar Hawaï ligt! Enfin. We gingen dus pizza Hawaï maken.

Maar dat viel niet mee. Want ik weet natuurlijk wél waar Hawaï ligt, maar van koken weet ik niks, dat geef ik eerlijk toe. En ik weet nog minder van het gasfornuis waar mijn moeder onze dagelijkse chipolata met gebakken aardappeltjes of kip met zoetzure saus klaarmaakt. Dus gooide ik alles in een kom, de ananas, het blok kaas, het brood en de tomatenpuree, en zwierde de hele zwik in de magnetron.

Nog geen minuut later ontplofte de magnetron. Achteraf zei mijn moeder dat ik de kaas niet in het plastic had moeten laten en dat ik de ananas uit het blik had moeten halen. Ja zeg, hoe moest ik dat nu weten!

Hoe dan ook, het resultaat zag eruit als een ontplofte kerncentrale en het rook als een aangebrande mesthoop, en mijn broertje maar brullen dat het helemaal niet leek op pizza Hawaï, en ik maar brullen dat hij maar niet zo stom moest zijn om pizza Hawaï te willen terwijl een boterham met ananas en kaas ook best lekker kan zijn! Toen kwam mijn moeder thuis en Wieland en ik begonnen allebei tegelijk te brullen dat het niet onze schuld was, en mijn moeder brulde dat we moesten zwijgen en ze overzag het slagveld en ze dacht even na. Toen zei ze dat we de keuze hadden: ofwel aten we op wat we klaargemaakt hadden, ofwel betaalden we een nieuwe magnetron.

'Hoeveel kost dat, zo'n magneet?' vroeg Wieland, dat kalf.

'Ongeveer 52 weken zakgeld,' zei mijn moeder.

Oké, toen hebben we onze pizza Hawaï opgegeten, en ik verzeker je, dat was echt goor!

Nee, over goor moet je me niks meer komen vertellen, ik weet er écht alles van.* Maar de broodtrommel van Alex sloeg alles, dat was echt het goorste dat ik van mijn leven gezien had! En dat zou ik moeten opeten! Enfin, wat erin zat.

Ik besloot om een PLAN uit te werken. Ik dacht een halve dag na, en toen besloot ik om Alex in mijn plan te betrekken. En ik belde hem op.

Over de telefoon stinken mensen minder hard, dat is algemeen bekend.

* Naar het schijnt bestaat er zelfs een voetballer die Goor heet! En die doet daar niks aan, die idioot! Ik bedoel: hoe duf kun je worden!? Als ik voetballer was en mijn naam was Goor, ik zou hem subiet veranderen. Dat kan hoor, op het stadhuis, het kost ongeveer 1000 euro per letter, heb ik ergens gelezen, maar als voetballer verdien je ongeveer een miljoen euro per maand, dus wat stelt dat nu voor? Waarmee weer eens bewezen is dat voetballers écht geen hersenen hebben. Geld wel, natuurlijk, en voeten ook, en BMW's. Maar hersenen? Ho maar.

5 Het plan

'Kom maar langs,' zei Alex, 'ik ben thuis.'

'Eh... kunnen we dit niet over de telefoon bespreken, Alex?' zei ik. 'Dat is beter voor mijn neu... eh... mijn reu... mijn... dinges...'

'Wat zeg je, Sig? Ik hoor je niet goed...'

Ik hoorde krakende en smakkende geluiden aan de andere kant, en ik vroeg: 'Wat ben je aan 't doen?'

'O, niks, ik heb net een bananenschil geroosterd en die ben ik nu aan 't opeten met kleine stukjes slak en een sausje van zwarte boter met broccoli en bruine suiker, heerlijk! Of vanille-ijs met gemixte prei, heb je dat al eens geproefd... of gebakken nachtvlinders met gesmolten chocola...?'

'Nee, dankjewel, dankjewel!' riep ik. Het was alsof al de walgelijke dampen van Alex' feestmaal door de telefoon naar mij toe dreven. Ik slikte eens en ging verder: 'Maar wat ik eigenlijk met je wilde bespreken... Ik zou graag je broodtrommel willen stelen...'

'Echt?' vroeg Alex stomverbaasd. 'Wat een vreemd idee!'

En het was waar: allemaal hadden we het wel eens meegemaakt dat onze broodtrommel gestolen werd, of dat er andere boterhammen in lagen, of dat de potjes yoghurt platgedrukt waren, met een ongelooflijk geklieder tot gevolg, maar bij Alex gebeurde dat nooit. Twee keer raden waarom.

'Echt waar, Sig?' herhaalde Alex. En hij wilde wel eens weten wat ik met zijn broodtrommel wilde doen.

'Opeten,' zei ik, 'enfin... de inhoud...' en nu barstte er een gillend gelach los aan de andere kant van de lijn, dat overging in een gereutel en een gesnuif en een gehijg alsof er iemand aan het stikken was.

Ik wachtte tot het weer min of meer stil werd, en toen vertelde ik Alex van de proef en zo, en of hij misschien tips had om...

'Tips?' onderbrak hij me. 'Ik heb een miljoen tips, Sig! Als het maar walgelijk is!'

Ik slikte even.

'Juist,' zei ik, 'maar je moet wel beseffen dat ik...'

'Kom maar gewoon bij me langs, jong! Dan toon ik je al mijn tips en zo...'

Ik slikte nog eens.

'Ben je zeker... eh, ik bedoel... ik weet niet eens waar jij woont...'

'Kakdreef nummer 6,' zei hij zonder verpinken.

'W... w... wat?'

'Ha, ha! Grapje! Ik woon eigenlijk in de Strontstraat nummer 3...!'

'De Str... ach toe, komaan, Alex!'

'...in Zeikegem!'

'In Zei... Alex, *please*!'

Wild gelach aan de andere kant van de lijn. Toen kalmeerde hij.

'Oké, oké. Ziekenhuisstraat 43.'

'Ziekenhuisstr... Nee, maar écht? Ik bedoel...'

'Ik zweer het, man! Zonder lachen. Je vindt het zo, het is die straat naast het ziekenhuis, er plakt bloed aan de straatstenen, ha ha!'

'Ha ha, ha ha,' deed ik. En ik vroeg of ik nu meteen moest komen.

'Natuurlijk moet je nu komen! Wanneer anders? Jouw proef is toch donderdag? Luister goed wat je moet mee-brengen, Sig... Heb je potlood en papier? Noteer even...'

En ik noteerde alles, en hoe meer ik noteerde, hoe be-nauwder ik het kreeg. *Damn it!* Ik moest naar Alex' huis! Hoe zou dat huis eruitzien? Beschimmeld? Overwoe-kerd door woeste stinkende vleesetende planten? Bouw-vallig en half rot? Behaard? Ik besloot mijn voorzorgen te nemen. Zonder wapens vertrekt niemand naar de oor-log. Ik sloop de badkamer in, pakte mijn deo, pikte ook die van mijn broertje (met bananengeur – ik weet het, ik weet het! Maar alles is goed in tijden van nood) en ook die van mijn moeder (Chanel nr 5) en stopte die alle-maal in mijn tas. Toen verzamelde ik alle ingrediënten die Alex me had gedicteerd, propte die ook in mijn rug-zak en klom op mijn fiets. Nog één keer haalde ik diep adem, keek naar de sterren, die hoog boven mijn hoofd aan de heldere, zuivere hemel stonden te flonkeren alsof er niets aan de hand was, en vertrok toen in de duistere, stinkende nacht.

6 De proef

De volgende donderdagmiddag stond ik stipt om half één met een geheimzinnig én vreselijk goor ruikend pakje in de kelder onder het podium.

Mijn ogen waren nu veel sneller aan het duister gewend en ik zag al heel wat meer. Alle duistere gedaanten hingen of lagen weer over de bouwvallige stoelen en sofa's, alleen Johnny Emo en de Pukkel waren er nog niet. De reeds aanwezige gedaanten bogen zich lichtjes nieuwsgierig naar mijn pakje, dat verpakt was in een rood en wit geblokte theedoek, maar deinsden meteen kokhalzend weer achteruit.

'Jezus, man! Wat een stank! Wat is dat voor iets?'

Maar ik zweeg geheimzinnig, een fijn glimlachje op de lippen. En ik wachtte af.

'Haha, niemand hier!' klonk plots een hese stem achter mij.

De Pukkel kwam binnen, op de voet gevolgd door Johnny Emo.

'Tchaw!' zei ik. De Pukkel en Johnny keken elkaar aan, en Johnny wou iets zeggen, maar de Pukkel legde zijn hand op de arm van Johnny.

'Oké, niemand, het is tijd voor je proef! Ik zie... eh, ik ruik dat het eerste deel van je opdracht al geslaagd is... Is dit...?'

'Dit is inderdaad het lunchpakket van Stinky Alex,' knikte ik.

'Het ziet er niet uit als een broodtrommel.'

'Dat komt,' zei ik, 'omdat Alex deze week een speciaal dieet volgt.'

'Geef eens wat uitleg, man! Niemand snapt dat!'

'Inderdaad,' zei ik fijntjes, '*niemand* snapt dat!'

Ik knoopte de theedoek los en onthulde de inhoud. Een kreet van afschuw steeg op en iedereen deinsde ongeveer een meter achteruit.

'Wat... wat... wat?'

Ik wachtte even tot het geroezemoes verstomd was en toonde vervolgens het 'lunchpakket' van Alex aan iedereen. Het was een viskom (had nog gediend voor John Lennon, onze goudvis, die zelfmoord had gepleegd door uit zijn kom te springen), maar nu was hij bijna tot aan de rand gevuld met lauwe, schuimende pis, en daarin dreven, als dode drenkelingen in een goudgele vijver, drie dikke, bruine drollen.

'Kijk,' zei ik, 'jullie weten allemaal dat Alex speciale eetgewoonten heeft. Gebakken apenhersenen, schapenogen, koeienmagen, ananas met prei, spruitjes met Nutella, hij eet het allemaal. Maar jullie weten waarschijnlijk ook dat Alex zich vaak ook te goed doet aan zijn eigen lichaamsproducten. In de klas eet hij zijn eigen oorsmeer op en hij zuigt zijn eigen snot op. Eigenlijk is Alex een klein ecosysteem op zichzelf: niets aan hem gaat verloren.'

Ik wachtte even tot het gekreun en gekokhals rondom mij een beetje verminderde en ging toen verder: 'En nu heeft hij mij verteld dat hij een paar weken per jaar nog verder wil gaan. Hij wil zijn eigen lichaam zuiveren, en dat kan volgens hem alleen door systematisch je eigen afvalstoffen op te eten. Hij volgt hierin het voorbeeld van beroemde wereldburgers zoals de schoonzoon van Gandhi, die elke ochtend zijn eigen pis opdronk. Maar nu wil Alex nog een stapje verder gaan en dus ook zijn eigen...'

'...zijn eigen drollen opeten?? Dat kan toch niet? Dat kan niemand!' riep een stem in de duisternis. Ik keek in de richting van de stem.

'Niemand?' vroeg ik. 'Je zei niemand? Gelijk heb je! Niemand kan dat!'

Ik greep in mijn broekzak en haalde een wasknijper tevoorschijn die ik met een soepel gebaar op mijn neus zette.

'Hé, dat mag niet!' riep een andere stem.

'Dat mag wel!' riep ik terug. 'Volgens mijn proef moet ik eten en drinken, niet ruiken!'

'Het mag,' zei de Pukkel. 'Ga je gang, niemand...'

Ik pakte de kom met beide handen vast en begon te drinken, met lange gulzige slokken. Weer klonken kokhalzende geluiden om mij heen, maar nu nog veel harder.

Toen plonsde ik mijn hand in de gele vloeistof en greep een drol vast, kneep er het teveel aan vocht uit en stopte hem zonder aarzelen in mijn mond. Het gekokhals en gekreun om mij heen werd nu oorverdovend, maar ik kauwde onverstoorbaar verder en slikte één, twee, drie keer.

Ineens weerklonk de hese stem van de Pukkel naast mij: 'Genoeg! Genoeg!'

'Hoezo, genoeg?' vroeg ik. 'Er is nog over...'

'Nee, nee! Genoeg, genoeg!' klonk het nu van alle kanten.

De Pukkel liep naar mij toe en legde zijn hand op mijn schouder.

'Sigiswald Vandebeek,' zei hij, 'je hebt de proef glansrijk doorstaan. Vanaf nu ben je niet meer niemand. Vanaf nu ben je officieel lid van de Dichters in de Mist! Proficiat!'

En bij wijze van rituele groet gaf hij me een slangenbeet in mijn rechtervoorarm.

'Tchaw!' zei ik, maar ik vertrok geen spier van mijn gezicht.

'Tchaw!' antwoordde iedereen plechtig in koor.

'Dichters in de Mist. Wat een mooie naam,' zei ik, en ik meende het, want ik vond het een mooiere dan bijvoorbeeld de *Dead Poets Society*. 'Hoe komen jullie daarbij, eh... Puk... dinges...?'

'Ik heet Gert Demulder,' zei de Pukkel. 'Maar iedereen zegt Gert Acné.'

'Moet ik dan Demulder zeggen of Acné?' vroeg ik.

'Zeg maar Gert,' zei hij.

'Ik heet Vandebeek, maar zeg maar Sigi,' antwoordde ik. 'En waarom heten jullie Dichters in de Mist?'

'Simpel,' zei de Pukkel – enfin, Gert. 'Alleen De Mist Kan Dichter Worden.'

7 Dichter in de Mist

Ik liep op wolkjes. Ik was een Dichter in de Mist. Ik hoorde erbij. Toen ik die avond na school thuiskwam heb ik meteen een nieuw gedicht geschreven. Het heette 'De Mist'.

DE MIST
door Sigiswald Vandebeek*

Wie mist de mist?

Een kind mist zijn vader die te lang vermist was
De vader mist zijn vliegtuig naar huis maar hij mist niets
Want in de dichte mist mist het vliegtuig
Door een gebrek aan zicht
Zijn landing op de piste
137 mensen worden vermist in de mist
Alleen de vader wordt gemist op de lijst der vermisten

Miss België wint een auto en
Mist een bocht
In de mist
En belandt in een kist
De pastoor in de mis bij de kist

*Is Sigiswald Vandebeek een goede dichtersnaam? Ik twijfel nog een beetje. Toch beter dan Gert Acné, vind ik.

Zegt helaas het is door de mist
Dat onze miss de mis moet missen
Door die gemiste bocht in de mist

Door de mist worden vele mensen gemist
Maar wie mist nu de mist?

Niet slecht, hè? Ik zal het voorlezen op de volgende bijeenkomst in de kelder onder het podium. Ben benieuwd
naar de reacties. Die zullen alleszins beter zijn dan die
van mijn stomme klas en de nog stommere Vandrommeling! Ha ha!

Wat me een klein beetje dwarszat was *waarom* ik er nu
bij hoorde. Was dat omdat ik een drol had opgegeten en
een liter pis had gedronken? Of was het omdat ik zo'n
geniale dichter was? Wás ik dan wel zo'n geniale dichter? Tja, dat wist ik niet. Dat wil zeggen, ik wist het wel,
al heel lang eigenlijk, maar het probleem was dat niemand anders dat wist.

Wat ik ook wist, was dat er een prijs moest betaald
worden voor mijn geslaagde proef. Aan Stinky Alex, jawel. Eerlijk is eerlijk, zonder hem was het me nooit gelukt. Want kijk, natuurlijk had ik geen echte drol opgegeten en geen echte pis gedronken, ben je gek? Alex had
me heel goed geholpen, die avond bij hem thuis, in zijn
stinkende kamer. Hij had een heel bijzonder recept bedacht, bestaande uit thee, peperkoek en een viskom, en
dat ging als volgt: je zet thee (niet te sterk, zodat hij er
nogal gelig uitziet) je laat die afkoelen en je sopt er een
stuk peperkoek in. Dan kneed je de peperkoek tot een
soort glimmende bruine worst (die heel erg doet denken
aan, jawel) en die leg je in de thee (die heel erg doet den-

35

ken aan, jawel). Dan giet je alles in de viskom van John Lennon, en dan smeer je de buitenkant van die kom in met een vreselijk stinkend goedje, namelijk een rot ei. *Et voilà!* Door de stank aan de buitenkant, denkt iedereen automatisch dat de binnenkant even hard stinkt en even walgelijk is! Alex is echt geniaal als het op smeerlapperij aankomt.

Maar zijn prijs was wel hoog: ik moest voor de rest van het schooljaar naast hem gaan zitten. Hij voelde zich wat eenzaam de laatste tijd, daar op de achterste bank.

Ik heb dringend een gasmasker nodig.

8 Boeken lezen

Maar het gewone leven ging ook verder natuurlijk, en nu moesten we weer een boek lezen voor die idiote Vandrommeling, maar hij zei dat we niet in paniek moesten raken, want we waren absoluut niet verplicht om een pil van 500 bladzijden te lezen of zo, we mochten *helemaal vrij* een boek kiezen. Maar o wee als hij iemand betrapte die een boekverslag van het internet geplukt had, want die kreeg zeker en vast een dikke nul, en wees gerust, hij zag dat direct, als er iets van het internet kwam! En toen mochten we vragen stellen.

'En hoe ziet u dat dan, als iets van het internet komt?' vroeg Deevid.

'Ik zie dat, punt uit,' zei de Vandrommeling, en hij keek heel wantrouwig naar Deevid.

'Ja maar, WAARAAN ziet u dat?'

'Ik zíe dat gewoon, Deevid! En ik zal jouw boekverslag héél grondig controleren!'

'Ja zeg, 't was maar een vraag!' mopperde Deevid.

'Volgende vraag aub!' zei Vandromme.

'En de *Joepie*, mag dat ook?' vroeg Sylvie.

'De *Joepie* is geen boek, Sylvie! Dat is een tijdschrift!'

'Ja zeg, meneer, daar staan toch ook letters in! Wat is dan het verschil?'

'Op een doos cornflakes staan ook letters, trut!' zei Kristof.

'En dan? Je bent zelf een trut, Kristof!' zei Sylvie.

'Meneer, mag ik een doos cornflakes lezen?' vroeg Isabelle.

'Haha, dat is pas een trut!' lachte Sylvie, terwijl ze naar Isabelle wees.

'Eh, Isabelle, ik... eh...' zei de Vandrommeling, terwijl hij ongerust naar Sylvie keek.

'Hela, hela, mijn vriendin niet beledigen!' riep Kevin dreigend.

'Ja maar, ik doe toch niks...' stotterde de Vandrommeling.

'Het was niet tegen u, het was tegen die trut van een Sylvie daar!' zei Kevin.

'Wíe is hier een trut?' zei Sylvie, en ze stak dreigend haar nagels uit naar Kristof.

'Hé, ik zei niks!' zei Kristof. 'Het was die debiel daar!' en hij wees naar Kevin.

'Wie is hier een debiel?' schreeuwde Kevin.

'Kalmte, mensen, kalmte!' riep de Vandrommeling. 'Alleen kalmte kan u redden... SYLVIE! HOU OP MET IN KRISTOFS OGEN TE KRABBEN! KRISTOF! KEVIN! KOM VAN DIE BANK AF! ISABELLE! LAAT DIE SPUIT-BUS ZAKKEN! KRISTOF! STOP MET JANKEN!'

Toen het weer min of meer rustig was, stak ik mijn vinger op vanop de achterste bank.

'Meneer...'

'Zet eerst je gasmasker af, Sigi, voor je een vraag stelt.'

'O, sorry.' Ik zette mijn masker af en wees met een verontschuldigende grijns naar mijn buurman Alex. Vervolgens stelde ik mijn vraag: 'Meneer, mag ik iets van Indiana Jones lezen?'

'Dat zijn films, Sigi,' zei hij, 'geen boeken.'

'En de ondertitels dan? Tellen die niet mee?'

'Nee, die tellen niet mee.'

'Mag ik dan iets van Kuifje lezen?'

'Nee, Sigi, nee. Kuifje mag ook niet. Dat is een strip.'

'Maar we mochten toch helemaal vrij een boek kiezen?' vroeg Kirsten.

'Maar dat zijn helemaal geen boeken die jullie daar kiezen!' riep Vandromme wanhopig.

'En wat zijn dan wél boeken, meneer?'

Vandromme dacht even na.

'Harry Potter,' zei hij toen. 'Dát zijn boeken.'

'Nee hoor,' zei Hanne, 'dat zijn films!'

Toen ging de Vandrommeling hoofdschuddend achter zijn bureau zitten en hij slaakte een diepe zucht. Ja zeg, wat hadden we nu weer gedaan? 't Is ook nooit goed voor die leerkrachten!

9 Crisis

Elke donderdag hebben we buitengewoon boeiende vergaderingen onder het podium, wij Dichters in de Mist. We lezen elkaar onze poëzie voor, en ik moet zeggen dat er heel wat talent op onze school rondloopt! De Pukkel las onlangs zijn gedicht 'Schoensmeersymfonie' voor, en dat heeft echt heel veel indruk op me gemaakt. Ik wist niet dat schoensmeer zo'n grote invloed op een mensenleven kan hebben! En Johnny Emo las 'Dikke Zolen' voor, en ook dat gedicht maakte grote indruk op mij: ik wist niet dat Buffalo's zo'n grote invloed op een mensenleven konden hebben! En Bart Azijn (ja, die heet echt zo!) las ons iets heel bijzonders voor, het heette 'Mijn leven als mayonaise', en ik was echt verwonderd dat azijn en mayonaise zoveel met elkaar te maken hadden! En Bert Vannoppen had een gedicht gemaakt over GTA3, en dat was ook heel interessant, want ik wist bijvoorbeeld niet dat opspattend bloed zo moeilijk te verwijderen is van de voorruit van een Porsche 828! En Yentl Demaegd las iets voor over Witte Tanden en dat maakte ook een geweldige indruk op mij, want het ging over een meisje dat niet kon overleven zonder tandpasta en op een dag komt het grote tandpastamonster langs en die pikt alle tandpasta van de hele stad en het einde heb ik niet meer gehoord, want de tanden van Yentl blonken zo hard dat mijn ogen ervan begonnen te tranen.

Toen was ik zelf aan de beurt, maar net toen ik met heldere stem wou beginnen voorlezen uit 'Wie mist de mist?', kwam Adriaan Van Mol hijgend de kelder binnenstormen met de kreet: 'Jongens, 't is crisis!'

Ja, natuurlijk, het moest weer lukken! Net nu! Niemand luisterde nog naar mij, iedereen stormde op Adri af en begon door elkaar te roepen.

'Wat is er gebeurd, Adri?'

'En volgens wie?'

'En wat heeft die gezegd?'

'Wie heeft wat gezegd?'

'Heeft er iemand iets gezegd?'

'Hoe moet het nu verder?'

'Komt de politie?'

'Wat bedoel je met crisis?'

'Ja, wat is dat, een crisis?'

Enzovoort.

Adriaan Van Mol wachtte even, ging op een stoel staan (waarbij hij zijn kop tegen het plafond stootte, ha ha!), kuchte een keer of 15 en zweeg toen zeker een minuut lang. Adriaan is echt een broodje aandacht. Toen schraapte hij ongeveer 15 keer zijn keel, wachtte tot het helemaal stil was en zei toen: ''t Is crisis!'

'Ja, dat wisten we al,' zeiden we allemaal samen, en daar schrok hij toch wat van.

De Pukkel zei: 'Godverdomme Adri, komt er nog wat van of hoe zit het?'

'Oké,' zei Adri, 'als je 't echt wil weten...'

'Voor de dag ermee, Adri!'

Adriaan haalde diep adem en zei toen: 'We zijn ontdekt.'

Geroezemoes alom. Ontdekt, ontdekt? Door wie

dan? En wat betekende dat, ontdekt? Mochten we dan niet meer vergaderen, of wat?

'Door wie, Adri? Wie heeft ons ontdekt?'

'Hofman.'

'O shit.'

''t Is toch niet waar, hè!'

'Die zeveraar!'

'Die sadist!'

'Die fascist!'

'Die toerist!'

'Die opportunist!'

'Die terrorist!'

'Die extremist!'

'Die dwaze tist!'

'En nu, Gert? Wat moeten we nu doen?'

De Pukkel, alias Gert dus, ging op een andere stoel staan, keek zijdelings (en een beetje nijdig) naar Adri en zei: 'Oké, Adri, wat weet je nog meer? Wat zijn de voorwaarden?'

'Voorwaarden? Welke voorwaarden?' vroeg ik fluisterend aan Johnny Emo.

''t Is niet de eerste keer dat Hofman ons betrapt,' fluisterde Johnny terug. 'De vorige keer mochten we blijven, maar op één voorwaarde: we moesten allemaal... luister!'

Adri schraapte zijn keel. Alweer. Die zak is echt een eikel.

'We mogen blijven vergaderen, op één voorwaarde...'

En weer schraapte hij zijn keel. Wat een zak, die eikel!

'En die is...?' vroeg Gert.

'Dat we meespelen met het schooltoneel!'

'Zie je wel? Dat bedoelde ik!' siste Johnny in mijn oor.

Meerdere kreten van afschuw galmden door de lage kelder.

'Het is niet waar!'

'Alweer?!'

'Het schooltoneel!? Nooit van me leven!'

'Liever sterven!'

Gert Acné probeerde de bende te sussen met grote zwaaibewegingen, maar dat lukte maar half, want iedereen was veel te opgewonden. En ik, onnozele ziel, probeerde me voor te stellen wat er nu zo erg was aan dat schooltoneel, maar toen hoorden we een deur heel hard dichtslaan, als de poort van een gevangenis, er was een kille luchtstroom en ineens wisten we dat er iemand anders in de kelder stond. Niet iemand van ons. Een vijand. We voelden het.

'Haha, de Dames en Heren in de Mist!' zei een zeer kille en zeer bekende stem, en ineens werd het heel stil.

Iedereen draaide zich om, en daar stond hij, de gevreesde, gehate en toch merkwaardig onnozele Hofman! Hij dacht waarschijnlijk dat hij James Bond was of Batman of zoiets, want hij stond daar met zijn benen gespreid en zijn handen aan zijn heupen, en in het tegenlicht zag hij eruit als een soort superheld. Dacht hij. Eigenlijk zag hij er redelijk belachelijk uit, met zijn dunne haar en zijn beginnende buikje, maar een leraar is een leraar natuurlijk, en dus hielden wij allemaal onze mond. Behalve Gert.

'Eh... meneer... 't is wel *Dichters* in de Mist,' zei hij.

'Dichters, ha! Laat me niet lachen!' kwaakte Hofman. 'Om te dichten moet je eerst talent hebben!'

Talent, talent... ! Overal om mij heen hoorde ik tanden knarsen, ook die van Yentl. Zelf beet ik op mijn lip.

43

'En eerlijk gezegd, zoveel talent zie ik hier ook niet... Bart Azijn, tja... en Bert Vannoppen, oei oei... en kijk, kijk, daar zie ik Sigiswald Vandebeek, nog zo'n nieuwe Shakespeare!'

En hij keek tergend traag in het rond, terwijl hij waarschijnlijk geen zak kon zien, in dat halve duister van die lage kelder, want oude mensen hebben veel slechtere ogen dan jonge mensen, dat is algemeen bekend.

'...Maar wat ik wel kan zien, is dat jullie hier weer samenhokken...!'

'Vergaderen!' zei Gert.

'Samenhokken!' herhaalde Hofman met nadruk. 'Jullie hokken hier samen, terwijl ik het verboden had! Dit is *mijn* kelder, dat weten jullie best!'

Grommend protest steeg op uit de duisternis.

'Uw kelder, uw kelder, het zal wel! Deze kelder is van de school!' riep Johnny Emo, een tikje overmoedig.

'O ja?' snerpte de stem van Hofman. 'Wel, hier ben *ik* de school, meneer Van Duren, want *ik* ben de regisseur van het schooltoneel!'

Maar meteen daarna veranderde zijn toon, en hij plooide zijn gezicht in een soort van grijns.

'Maar, beste vrienden, laten we toch geen ruzie maken. We kunnen het toch best eens worden? Ik zal jullie een voorstel doen...'

'Jaja, een voorstel dat we *niet kunnen weigeren*, zeker?' zei Gert schamper. 'We kennen dat!'

'Ach, meneer Demulder, iedereen is altijd vrij om elk voorstel te weigeren, dat is toch zo in een democratie...' zei Hofman met zijn slijmerigste stem, '...maar natuurlijk, als jullie het weigeren, dan weiger ik jullie de toegang tot dit lokaal, dat lijkt me logisch, toch?'

'En onze club dan?' klonk een wanhopige kreet in het donker.

'Dat is uw probleem, meneer Vannoppen, niet het mijne!' Nu snerpte zijn stem weer.

Gert Acné schraapte zijn keel.

'Oké, meneer, eh... ik denk dat we alle argumenten gehoord hebben. Zullen we stemmen?'

'Laat het volk beslissen!' zei Hofman, met een genereus handgebaar.

'Oké jongens,' zei Gert. 'Wie vóór deelname aan het schooltoneel is, steekt zijn hand op.'

Na lang aarzelen gingen twee handen de lucht in. Gert keek Hofman onzeker aan.

'Nou meneer...' zei hij. 'U ziet het...'

'Vraag nu eens wie er tegen is,' zei Hofman met een gemeen glimlachje.

'Oké mensen, nu stel ik een tweede vraag. Al wie *tegen* deelname aan het schooltoneel is, steekt nu zijn hand op...'

Geen enkele hand ging de lucht in. Nu zat Hofman breed te grijnzen.

'Dat lijkt me een duidelijke uitslag, meneer Demulder! Een overtuigende meerderheid van twee tegen nul! Ik neem dus aan dat iedereen hier aanwezig zal meespelen in het schooltoneel. Goed zo, jongelui! Gefeliciteerd met jullie moedige keuze!'

Hij keek om zich heen naar al die gezichten die eruitzagen alsof ze vandaag examen wiskunde én aardrijkskunde hadden. Eén vinger ging moedeloos de lucht in.

'Ja, Bernt?'

'Eh... meneer, welk stuk gaan we spelen...?'

'*Romeo en Julia*, natuurlijk! Wat anders?'

Ja, wat anders? Iedereen slaakte een diepe zucht van afschuw en schudde moedeloos het hoofd, alleen ik niet. Ik wist van niets. Nog niet.

What the hell was *Romeo en Julia*?

Deel 2

Janssens en Peeters

1 Janssens en Peeters

'Meneer, mag ik *Romeo en Julia* lezen?' vroeg ik.

Het gezicht van de Vandrommeling klaarde op.

'Eindelijk, eindelijk!' riep hij uit. 'Eindelijk kiezen jullie een écht goed boek!'

'Klopt niet, meneer!' riep Sanne. '*Romeo en Julia*, dat is een film!'

Glimlachend keek Vandromme Sanne aan.

'Nee hoor, Sanne, toen dit boek geschreven werd, was de film nog niet eens uitgevonden! Maar ik geef toe: het is een perfect verhaal voor een film...'

'Komaan, meneer, vertellen!'

'Ach nee, nu niet, Sanne...'

'Toe nu, meneer, u kunt zo mooi vertellen, toe nu...'

'U bent echt de beste verteller ter wereld, meneer...'

Geen enkele leraar kan zulk geslijm weerstaan, en dus begon de Vandrommeling te vertellen. Dat was het startsein voor drievierde van de klas om meteen in slaap te vallen natuurlijk, want *dit hoefden we toch niet te kennen voor het examen*. Algauw steeg een zacht gesnurk op van vele banken – Alex, mijn stinkende buurman, sliep al na zeven seconden, en nog geen tien seconden later zag ik dat ook Deevid in een diepe slaap verzonken was, hoewel die dat keigoed kan verbergen: hij lag met zijn kin in zijn handpalm en zijn elleboog op de bank, maar hij had zijn ogen wijdopen! Fenomenaal eigenlijk. Ik heb hem eens gevraagd naar zijn geheim. 'Gewoon, Sig: training,' had hij koudweg geantwoord. Kristof sliep ook, natuurlijk, Kristof slaapt altijd in de les, dat komt omdat hij een heel klein brein heeft, dat volledig bestaat uit brokjes gehakt vlees. Dat heeft heel veel slaap nodig.

Ik vraag me nog altijd af wat Heidelinde ooit in hem gezien heeft, behalve dat hij de ogen van Johnny Depp en het lichaam van Ashton Kutcher heeft. Gelukkig is het uitgeraakt tussen die twee toen Heidelinde hem vroeg wat hij vond van Parijs en Kristof grinnikend had geantwoord dat hij daar graag wel eens een avond mee zou gaan stappen, want hij dacht dat ze het over Paris Hilton had. Nu is Kristof met Lilith, en ik snap echt niet wat hij in Lilith ziet, behalve dat ze het lichaam van Jlo en de ogen van Gwyneth Palthrow heeft. Maar Heidelinde, het mooiste meisje van West-Europa is nu wel sinds 4 dagen met *mij*, en ik zag tot mijn grote vreugde dat ze met wijd open ogen en gloeiende wangen luisterde naar het verhaal van de Vandrommeling, en af en toe, op de spannendste momenten, wierp ze mij zelfs een gloeiend hete blik toe, en daar was ik ongelooflijk blij mee, want volgens mijn moeder is er niets zo romantisch voor de romantiek als een oud romantisch liefdesverhaal, en mijn moeder heeft geweldig veel ervaring met romantiek, zeker sinds ze van mijn vader gescheiden is.

Nu, het was ook een fantastisch verhaal, dat van die R & J, dat moet ik toegeven. Ik wist niet dat oude dingen zo cool konden zijn.

Er waren eens twee rijke families in een stad ergens in Italië, ik weet niet meer welke stad en ik weet ook de naam van die families niet meer, ik ben zó slecht in namen, maar het kan ook zijn dat ik even niet goed geluisterd heb, enfin, laten we zeggen dat ze Janssens en Peeters heetten en dat ze in Leuven woonden of zo. Trouwens, namen zijn echt niet zo belangrijk in dit verhaal, dat zal later nog wel blijken. Maar het punt was dat die twee families elkaar absoluut niet konden uitstaan, een beetje zoals de Palestijnen en de Israëli's nu, zei de Vandrommeling. Of zoals broccoli en ik, dacht ik, want als er één ding is dat ik haat op deze wereld, dan is het broccoli. Oké, Janssens haatte Peeters en Peeters haatte Janssens, maar wat gebeurde er nu? Twee jonge kuikens van elke familie, Romeo Janssens en Julia Peeters zeg maar, werden totaal & compleet & hopeloos verliefd op elkaar! Dat was dus of course natuurlijk to-taal uitgesloten & not done, daar hoef ik toch geen tekeningetje bij te maken? Want pa Peeters had gezworen dat hij alle Janssens de darmen zou uitrukken als ze ook maar in een straal van 5 kilometer in de buurt van zijn chique villa zouden komen, en pa Janssens had gezworen dat hij precies hetzelfde zou doen met alle Peeters in de buurt van zijn villa! Maar intussen was Romeo dus wel incognito* binnengeglipt in de chique villa van Pa Peeters waar een groot feest aan de gang was, met een Zorromaskertje op en zo, en daar werd hij dus zoals gezegd totaal & compleet & hopeloos verliefd op Julia, die als een engeltje verkleed was. Zorro en het engeltje, wauw, ik zag het zo voor me... Maar ineens: tadaa, catastrofe! Tijdens datzelfde feest wordt Julia door haar ouders gekoppeld aan een typische rijke zeikerd, een zekere... Paris!

---

* Cool woord hè ? Betekent 'zonder dat iemand je herkent'. Met een Zorromaskertje bijvoorbeeld.

Op dat moment schoot Kristof wakker.

'Paris? Paris?' mompelde hij keihard. 'Paris Hilton?'

Iedereen die aan het luisteren was deed 'sst' en 'hou je kop' en zo, want we vonden het net zo spannend, en Heidelinde stond op en liep met kleine, driftige pasjes naar de bank van Kristof en ze gaf hem een mep tegen zijn kop.

'Braaf! Zit!' zei ze tegen hem, en Kristof stak beschermend zijn handen omhoog en ging toen met zijn kop op zijn bank liggen. Heidelinde stak haar duim op naar de Vandrommeling en liep terug naar haar bank. O, wat hield ik van haar op dat moment!

Een beetje aarzelend ging de Vandrommeling verder met zijn verhaal. 'Paris was natuurlijk een typisch rijkeluiszoontje, een echte ...'

'Nerd!' riep Aurelie.

'Dankjewel, Aurelie, dat was het woord dat ik zocht... Een nerd dus, en Julia moest natuurlijk niks van hem hebben. Ze voelde veel meer voor die knappe gast met zijn Zorromaskertje, maar daar mochten haar ouders dus niks van weten! Erger nog: rijke ouders hebben vaak heel andere ideeën over de liefde en het huwelijk en zo, en dus moest Julia met die stomme Paris trouwen, of ze wilde of niet, en wel binnen vijf dagen!'

'Julia met Paris, wauw! Dat is lesbisch!'

Kristof kwam weer overeind in zijn bank, maar hij kreeg nu een hele hoop meppen van al zijn buren en kermend ging hij weer liggen. Braaf, Kristof, braaf!

'Mag ik nu verder vertellen, of hoe zit het?' riep de Vandrommeling. 'Ik kan jullie ook een dictee van een uur geven of zo!'

'Neenee, meneer alstublieft, vertel verder! Het is heel

spannend! We willen echt het vervolg horen! We zullen stil zijn! En we zullen Kristof wel een mep geven als het moet!'

'Oké, goed dan, ik reken erop,' zei Vandromme, en hij vertelde verder.

Julia Peeters was echt geen dom trutje, en ze was daarbij zo eigenwijs als de pest, en dus trok ze zich geen spat aan van die Paris en haar ouders (ze leek steeds meer op mijn Heidelinde, vond ik!), ze maakte een geweldige scène op dat bal ('Maar kind, waarom wil je die Paris nu niet?' – 'Omdat hij dom, stom, debiel, idioot en onnozel is, mama!' – 'Maar kind, je moet zo kieskeurig niet zijn! Ik heb toch ook voor je vader gekozen!' – 'Nou, ik niet! Vergeet het!') en ze rende naar haar kamer en knalde de deur keihard achter zich dicht. Echt een meisje naar mijn hart! Ik keek even naar Heidelinde, en ze keek me heel even aan over haar schouder en ze knipoogde naar me. Tchaw zeg! Maar die Romeo was zelf ook een ondernemend baasje en met gevaar voor eigen leven en darmen sloop hij diezelfde avond door de tuin van de Peeters-villa en klom langs de klimop naar het balkon van Julia's kamer...

'En daar heb je dus de beroemde balkonscène,' zei de Vandrommeling.

'Hoezo, beroemd? Nooit van gehoord!' zei Deevid, die inmiddels ook wakker was geworden.

'Ach jongen, zwijg toch!' zei Lilith. 'Waar heb jij wél van gehoord?'

'Eh... van Paris Hilton!' zei Deevid met een dwaze grijns.

'Paris Hilton? Die ken ik wel!' zei Kristof, maar hij kreeg meteen drie meppen op zijn kop en hij ging weer liggen. Braaf, Kristof, braaf!

Maar die balkonscène was dus écht best oké, want R & J zeiden best wel mooie zinnen tegen elkaar (als *didm** ben ik natuurlijk erg gevoelig voor mooie zinnen, ik begin zelfs al een beetje een kenner te worden, al zeg ik het zelf) over de liefde en over hun naam en zo, maar ik vond wel dat hij een beetje lang duurde, die balkonscène. Nee, serieus, die twee kuikens bléven maar leuteren, en dat blééf maar duren, terwijl ze op elk moment betrapt konden worden door de nanny of door een lijfwacht in de tuin of door een hond, en die zou dan meteen in Romeo zijn kont bijten of zijn darmen eruit sleuren en zo – nee, echt: het zal wel aan mij liggen, maar ik kan daar écht niet tegen: ik krijg het altijd op mijn zenuwen van dat soort situaties! Als twee helden in een film op een plek zijn waar ze niet mogen zijn, bijvoorbeeld in het kantoor van een maffiabaas of in de burcht van de boze koning, zo'n pokkegevaarlijke plek waar ze op elk moment betrapt kunnen worden weet je wel, en in plaats van zich snel uit de voeten te maken vinden ze nog de tijd om allerlei romantische onzin tegen elkaar te zeggen en dan nog te kussen ook, WEL DAN WORD IK DAAR BLOEDNERVEUS VAN! MAAR ÉCHT, HÈ! Ik zit dan constant op mijn stoel te wiebelen en op mijn nagels te knabbelen en ik roep ze voortdurend toe**: 'Schiet

* Wat dat betekent? Dichter In De Mist, dombo!
** Niet luidop natuurlijk, ben je gek! Alsof ik in een bioscoop mijn bek zou opentrekken! In een bioscoop wordt er gezwegen, punt

toch op, mafketels, maak dat je wegkomt!' en 'Stop met tongzoenen, idioten, wacht dan toch tot je thuis bent!' en meer van dat soort dingen – pas op, ik ben absoluut een groot voorstander van tongen en romantische dingen en zo, maar dan wel op het juiste moment a.u.b.! Zo maak je de kijkers toch alleen maar zenuwachtig!

Maar R & J zeiden wel mooie dingen op dat balkon, dat geef ik toe. Julia zei bijvoorbeeld dat namen geen belang hadden, want als Romeo nu niet Romeo zou heten maar bijvoorbeeld Piet Uyttebroek of Joop Pannenkoek of Jackie Snotsmoel, dan zou ze nog altijd evenveel van hem houden... 'What's in a name?' zei ze, en dat een roos nog net zo lekker zou ruiken als die een andere naam had...

'Wauw, hoe romantisch!' zuchtte Sanne.

'Sst, sst!!' deed iedereen.

Ik bedacht bij mezelf dat een roos misschien toch wel een heel klein beetje minder mooi zou zijn of een heel ietsiepietsie minder lekker zou ruiken als ze bijvoorbeeld bruine kotsbloem of gevlekte slijmzak zou heten, maar dat zei ik dus niet luidop, want ik wilde niet op mijn donder krijgen zoals Kristof daarnet. Maar evengoed dacht ik het dus toch, eerlijk echt waar, en ik denk het eigenlijk nu nog altijd. Want stel, *stél* dat Heidelinde bijvoorbeeld Angèle Zweetvoet of Marina Sprot zou heten, zou ik dan nog evenveel van haar houden? Waarschijnlijk

uit. Ik ben daar streng in. (Zie ook de Vierde Wet van S. Vandebeek: 'Als de film niet goed is, moet je zappen. En als je niet kunt zappen, ga dan naar buiten.')

wel, maar misschien toch ook wel een heel klein beetje minder...

Romeo Janssens klom langs de klimop weer naar beneden en zette het op een rennen, niet alleen omdat de honden van de familie Peeters achter hem aan zaten met het vaste voornemen om in zijn kont te bijten (en iets met zijn darmen te doen ook), maar ook omdat hij iets heel dringends te doen had: hij rende recht naar een bevriende pastoor (in die tijd waren de meeste mensen nog bevriend met pastoors), trommelde hem uit zijn bed en vertelde aan de pastoor dat hij wilde trouwen, en liefst vandaag. Oké, zei de pastoor, maar hou je echt van dat meisje? Beledig mij niet! riep Romeo driftig, als er ooit één jongen van een meisje gehouden heeft in de geschiedenis van de mensheid, dan ben ik het wel. Oké oké, zei die pastoor, breng dat kind maar naar hier, dan zal ik jullie trouwen. En zo gebeurde het: nog diezelfde dag waren Romeo en Julia getrouwd, zonder dat iemand ervan wist.

'Wauw, hoe romantisch!' zuchtte Sanne. Voor Sanne is echt alles romantisch.

'Echt waar? Na één dag al?' riep Deevid. 'En die pastoor vond dat goed?'

'Typisch voor een pastoor,' zei Samir, 'alles liever dan seks vóór het huwelijk!'

'Ik zou nooit trouwen met een jongen die ik pas één dag kende!' zei Heidelinde, en ze keek niet naar mij, maar ik wist best wat ze bedoelde, want wij kennen elkaar nu al meer dan 4 dagen!*

* 4 dagen 6 uur en 17 minuten om precies te zijn.

'Hé jongens... mag ik even...?' zei de Vandrommeling, en toen zei iedereen 'Sorry sorry meneer' en 'We zullen stil zijn' en 'O ja, vertel verder alstublieft alstublieft' en ik zweer dat we nog nooit zoveel sorry gezegd hebben tegen Vandromme als die keer.

Toen ging het verhaal verder, en Jezus, nu werd het pas echt spannend!

Romeo had namelijk een beste vriend, die heette Mercurochroom of zo, en die had een paar van de mannetjes van de Peeters-clan zitten jennen, en hij was beginnen vechten met Tibo Peeters (ik kon zijn naam niet goed verstaan), en die Tibo had Mercurochroom in dat gevecht doodgeprikt met zijn zwaard. En Romeo kwam aangerend, net te laat natuurlijk, en hij knielde neer bij het bloedende lijf van zijn vriend, en wenend nam hij het hoofd van Mercurochroom in zijn armen en hij zwoer, zwoor, zweerde – shit, hoe zeg je dat – enfin, hij beloofde dus dat hij Tibo Peeters zou kapotmaken en zijn darmen uitzuigen en zo. Ja, in die tijd lachten ze daar niet mee, die gasten keken echt niet op een darm meer of minder.

Oh boy, dacht ik bij mezelf, stel je voor dat Deevid daar op straat zou liggen te bloeden, en de broer van Heidelinde had het gedaan, welke kant zou ik dan moeten kiezen? Shit, wat lastig zeg!

'Tchaw zeg!' zei ik luidop.

'Sigiswald Vandebeek,' zei de Vandrommeling, 'let op je taal!'

'Sorry, ' zei ik, 'sorry, meneer.'

Tchaw zeg, alweer twee keer sorry. Sorry hoor!

Schuimend van woede en met getrokken zwaard rende Romeo de donkere straten in, terwijl hij luidkeels riep: 'Tibo! Tibo Peeters, waar zit je! Ik kom je halen Tibo! Maak je klaar om te sterven...!'

En toen ging de bel.

2 Orde en netheid

Nog nooit heb ik zo hard gevloekt bij het belsignaal aan het einde van een les, ik zweer het. En ik was niet de enige. Met z'n allen gingen we rond het bureau van de Vandrommeling staan, iets wat normaal alleen nerds en strevers zoals David doen, en we smeekten en eisten en vroegen met grote aandrang of hij alstublieft het verhaal verder kon vertellen, alstublieft meneer het is net zo spannend, ik ga niet kunnen slapen in de volgende les en toe nu en komaan, maar hij weigerde beleefd maar beslist, hij zei dat hij heel blij was dat we eindelijk een les van hem interessant vonden, waarop wij luidkeels protesteerden en zeiden dat we ál zijn lessen kei-interessant vonden maar deze nu wel heel bijzonder super-mega-interessant, maar hij week geen duimbreed, de smeerlap, we moesten maar wachten tot de volgende les en daarbij, zei hij, we wilden vast geen ruzie met meneer Roelands, toch?

Ja, daar had hij een punt, want Roelands, onze leraar voor het volgende lesuur, was een van die rare wiskundeleraren die hun les nog écht belangrijk vonden, niemand wist waarom. En terwijl we zo aan het praten waren ging de bel opnieuw voor het volgende lesuur en iedereen begon te rennen en te roepen en zo kwamen we dus toch nog te laat in de les van meneer Roelands en kregen we echt ruzie met hem, en niet zo'n beetje.

Eerst begon hij te zeiken over het belang van stiptheid en kostbare lestijd en dat duurde ongeveer 6 minuten, ik weet het zeker want David (niet Deevid) was op zijn horloge aan het kijken – David is namelijk de ergste nerd én strever van de klas, hij kijkt altijd op z'n horloge als hij vreest dat er 'kostbare lestijd' zal verloren gaan – en volgens David had Roelands precies zes minuten en 15 seconden zitten zeiken over ons te laat komen, en dat betekende dat zijn eigen gezeik zes keer meer 'kostbare lestijd' gekost had dan ons te laat komen, want we waren nauwelijks 1 minuut te laat gekomen in zijn les! Ha ha! Dat geeft dan wiskunde, en het kan niet eens tellen!

Maar toen was het nog niet voorbij, want ineens begon Roelands ook nog eens op de vloer te wijzen en toen flipte hij to-taal, echt waar en ongelogen! Hij begon zelfs te spuwen en zijn spuug vloog in kleine druppeltjes in het rond.

'Orde en netheid!' riep hij. 'Hebben jullie daar wel eens van gehoord?'

Van gehoord? Natuurlijk wel. Natuurlijk hadden wij daar wel eens van gehoord, en dus knikten wij allemaal braaf van ja.

'De vloer!' gilde Roelands met overslaande stem. 'Kijk eens naar die vloer!'

IJverig bogen wij ons allemaal voorover en ja, daar zagen wij dus de vloer. En die zag er volgens ons meer dan behoorlijk uit, wat bedoelde meneer Roelands eigenlijk? Toegegeven, er lag hier en daar wel een propje papier op de vloer. En wat vliegtuigjes. En wat snippers ook. Maar dat was toch niet onze fout! Elke dag kregen wij zulke megahopen papier in onze maag gesplitst – brieven en formulieren en studiewijzers en overzichten en versla-

60

gen en kopieën... pff, echt niet te doen! En ja, konden wij het dan helpen dat er af en toe iets onder onze bank op de vloer belandde? En als iemand van ons al eens iets verfrommelde, of aan snippers scheurde, of er een vliegtuigje van vouwde, tja, was dat dan écht zo'n drama? Wij waren toch ook maar mensen? (Ja hoor, leerlingen zijn ook mensen!*)

En ja, het was waar dat al dat papier soms een beetje aan de vloer bleef plakken. Maar dat kwam gewoon omdat er wel eens een blikje cola of fanta omviel onder een bank, maar *hallo*, aan wie lag dát a.u.b.? Dat was simpelweg het gevolg van die idiote regel dat we niet in de klas mochten drinken, ja! Zelfs niet vlak na de turnles! En het is wetenschappelijk bewezen dat jonge, broze pubers zoals wij een grote behoefte aan vocht hebben na elke lichamelijke inspanning! En ja, wat móesten we dan doen? Stiekem drinken natuurlijk! En dan snel dat blikje onder de bank verstoppen, want als we gepakt werden kregen we straf. En als er dan iemand per ongeluk tegen zo'n blikje trapte en dat blikje viel om, tja, wie zijn fout was dat dan eigenlijk? Van de idioten die die stomme regel hadden opgesteld, toch? Dus...?

En toegegeven, hier en daar lag er ook een stuk boterham op de vloer, ja, maar konden wij het helpen dat onze moeders soms ronduit walgelijke dingen op die boterhammen smeerden? En af en toe *viel* zo'n boterham dan op de vloer van onze klas, ja, dat kon wel eens gebeuren! Maar was dat dan onze fout misschien?

Het was trouwens een zeer lelijke vloer. Maar goed dat er af en toe iets op bleef liggen.

*Zie ook de Derde Wet van S. Vandebeek.

'En die kauwgum onder jullie banken!' raasde Roelands verder. 'Wal-ge-lijk!'

Hoezo walgelijk? Die kauwgum was allang netjes opgedroogd; als je er met je vingers overheen ging bleef er niks plakken, nul komma nul! Integendeel: je vingers gingen er juist lekker van ruiken, naar munt of aardbei of kers of zo. En het échte nut van die kauwgum onder het zitvlak was nog belangrijker, want dankzij die kauwgum konden wij blind ruiken en voelen wie er al die maanden op die bank gezeten had! Eigenlijk was die kauwgum onze eigen handtekening. In braille.

Nee, echt waar: als ik bijvoorbeeld bubblegum met aardbeiensmaak onder het zitvlak van mijn bank voel, dan wéét ik toch dat Lilith daar gezeten heeft? Lilith kauwt godganse dagen alleen maar van de meest kleverige aardbeienbubblegum die er bestaat! En als er genoeg kleverige kledder in haar mond zit, blaast ze die op tot een roze ballon die twee keer zo groot is als haar aantrekkelijke gezichtje, en dan laat ze die ballon ploffen zodat de slierten aan haar prachtige neusje en haar fijne kinnetje blijven hangen, dan pelt ze die eraf met haar elegante vingertjes en stopt de hele kleffe kledder terug in haar mondje, terwijl een heerlijke geur van synthetische aardbei zich door de atmosfeer verspreidt, een geur die *niets*, maar dan ook *niets* met echte aardbeien te maken heeft. Zalig toch, gewoon?*

*Mijn moeder zeurt altijd dat jongeren geen smaak meer hebben: wij eten veel liever pizza uit de diepvries dan echte pizza, liever fruitsla uit blik dan echte appelen en ananas, wij hebben veel liever potjes yoghurt met aardbeiensmaak dan echte aardbeien met echte yoghurt, en aardappelpuree in vlokken uit een kartonnen doos vinden wij oneindig veel lekkerder dan echte puree van

Over Alex zwijg ik hier. Wat die allemaal onder zijn bank plakt, daar heb ik al over verteld in hoofdstuk 3, 4 en 5 en daar kom ik echt niet op terug. Als het over Alex gaat heeft Roelands wel een punt, vind ik. Maar daar zeg ik verder niets over, zoals beloofd. Alex is mijn buurman, en ook, in zekere zin, mijn redder. En over redders zeg ik niets. Ook al zijn ze walgelijk en weerzinwekkend.

Op dat moment stak David zijn vinger op.

'Ja, Deevid?' zei Roelands. Roelands kan geen enkele naam onthouden, laat staan juist uitspreken. Namen onthouden vindt hij tijdverlies.

''t Is David, meneer,' zei David nogal *pissed*.

'Ja, en?'

'Ik wil u niet bekritiseren, maar er zijn sinds het begin van dit lesuur al 23 minuten verstreken.'

'Ja, en?'

'Krijgen we ook nog wat wiskunde of hoe zit dat?'

Ik vertel je niet hoe dat lesuur is afgelopen voor David, maar ik kan je wel vertellen dat hij meteen naar de directeur gestuurd werd, en dat hij daar nu nog altijd zit. In principe maken wij ons nooit vrolijk als een klasgenootje straf krijgt, maar in dit geval waren we wel heel blij ja, want ten eerste kunnen wij David niet uitstaan, en ten tweede was er voor de rest van het lesuur

echte aardappelen. Dat is allemaal volkomen waar. Maar hoe zou dat komen, denk je? Door onze moeders natuurlijk, die ons al sinds onze prilste jeugd van die smerige potjes babyvoeding gevoederd hebben, in plaats van echte groenten en fruit! Als onze smaakpapillen zo grondig verknoeid zijn, dan ligt dat volledig aan de luiheid van onze moeders! Trouwens, wat zegt de Eerste Wet van S. Vandebeek? 'Volwassenen hebben net dezelfde gebreken als jongeren, maar dan erger.' Ha.

van wiskunde geen sprake meer.

Maar eigenlijk kon ons dat allemaal niet zoveel schelen, want het volgende lesuur hadden we weer de Vandrommeling en dan zouden we dus het vervolg horen van *Romeo en Julia*! Hijg hijg!

3 Pauze

Maar eerst hadden we een kwartier pauze, en de hele klas ging in een kring staan en dat was niet meer gebeurd sinds de dag dat de directie had besloten om alleen nog maar gezonde drankjes in de drankautomaten te stoppen, zoals water en vruchtensap en tomatensap. Toen waren alle klassen in een kring gaan staan, en we waren zo drie volle uren blijven staan, als protest. Tot de directie uiteindelijk moest toegeven en de drankautomaten weer werden volgestopt met allerlei geweldig ongezonde drankjes zoals cola en fanta en sprite, propvol suiker en kankerverwekkende stoffen, yummie!

Nu hadden we een lang en hevig gesprek over R & J.

'Hoe zal dit aflopen, denk je?'

'Volgens mij gaan ze trouwen.'

'Ze zijn al getrouwd, idioot!'

'Ha ja? Wie zegt dat?'

'De Vandromme natuurlijk! In zijn verhaal! Ben jij doof of wat?'

'Ik sliep, jong! Mag dat dan niet misschien?'

'Tuurlijk wel, ik sliep ook! Maar ík heb het wel gehoord!'

'Dat kan niet! Niemand kan horen in zijn slaap!'

'Ik vraag me af wie er nu kan slapen bij zo'n verhaal...'

'Zeg, wie stinkt er hier zo?'

'Alex?'

'Nee, jongens, nee, niet allemaal naar mij kijken, ik

heb echt geen scheet gelaten! Deze keer niet!'

'En wat heb je gisteravond gegeten?'

'Dat zeg ik niet.'

'Zeg, maar zijn die nu écht getrouwd?'

'Wie dan?'

'Wel, Romeo en Julia, sukkel! Daar hadden we 't toch de hele tijd over?'

'O ja? Ik dacht dat we 't over de scheten van Alex hadden?'

'Knoflook! Ik denk dat hij knoflook gegeten heeft gisteren!'

'Ja ja, maar zullen we 't eens over Romeo en Julia hebben?'

'Zeg, hoe oud waren die gasten eigenlijk?'

'Veertien of vijftien, zei de Vandrommeling...'

'Ja hallo, komaan zeg! Dat kan toch niet! Ik ben al veertien en ik dénk nog niet aan trouwen!'

'Ja, maar jij bent ook stom, anders zat je nu al twee klassen hoger!'

'Wie zei dat daar?'

'Hé, jongens, geen ruzie maken alsjeblieft! We willen toch niet gaan doen zoals die gasten in dat verhaal, hè?'

'Hoe bedoel je, Lilith?'

'Ja zeg, dat is toch duidelijk? Elkaar kapotmaken omdat ze bij het andere kliekje horen, dat is toch totaal idioot?'

'O, hebben wij dan verschillende kliekjes in de klas?'

'Wat is dat, een kliekje?'

'En wat heeft dat met dat verhaal te maken?'

'Palestijnen en Israëli's, zijn dat ook kliekjes?'

'Min of meer, geloof ik.'

'En broccoli? Ik haat broccoli!'

'Volgens mij gaat het gewoon om de seks,' zei Samir.

'Zwijg, Samir!' zei Lilith.

'Nou, in dat verhaal heb je toch twee families, de dinges... eh... Capu... en de eh... dinges... shit, die namen hè...'

'Janssens en Peeters,' zei ik.

'Sigi, ben jij nu écht onnozel?' vroeg Sanne.

'Eh, ...nee, denk ik...' zei ik blozend.

Toen zei Deevid: 'Wel, bijvoorbeeld: in België heb je Walen en Vlamingen. Maar je gaat toch geen Waal op z'n kop kloppen, alleen maar omdat hij een Waal is?'

'Natuurlijk niet. Je klopt op z'n kop omdat hij een smeerlap is. Niet omdat hij een Waal is! Dat is toch duidelijk!'

'Wat zegt jij daar over Walen?' vroeg Cédric.

'Niks, Cé, niks!' zei Deevid.

'Ik is geen smeerlap!' zei Cédric boos.

'Bén,' zei Sanne, 'niet is maar bén. Ik *bén* een smeerlap, Cé.'

'Is jij een smeerlap, Sanne?' vroeg Cédric.

'Ach, laat maar,' zei Sanne.

'Ja, en wat heeft dat er nu mee te maken?' vroeg Kristof.

'Wilt jij klop op je kop?' vroeg Cédric. Cédric is een Waal die bij ons Nederlands komt leren, misschien heb ik je dat al verteld, misschien ook niet, maar goed: hij is best oké, onze Cédric, want als je bij ons Nederlands komt leren moet je al over een behoorlijke dosis moed & lef beschikken, en dat heeft hij allemaal. Maar hij is wel een driftig baasje, misschien heb ik je dat ook al verteld. Hij is bijvoorbeeld bij Standard Luik aan de deur gezet omdat hij te agressief was, en Standard Luik is een behoorlijk agressieve voetbalploeg. Dat laatste heb ik van horen zeggen natuurlijk, want ikzelf weet niks van sport, dat is een erezaak voor mij. Sport is totaal belachelijk en daarbij ook slecht voor de gezondheid, en daar wil ik nu verder niets over kwijt!

Intussen was iedereen Cédric aan het sussen, want natuurlijk zijn wij helemaal niet tegen de Walen, alleen tegen Walen die smeerlappen zijn, maar wij zijn ook tegen Vlamingen die smeerlappen zijn en tegen Oezbeken en Chinezen die smeerlappen zijn, en toen Cé dat eindelijk doorhad, moesten we hem ook nog vertellen dat hijzelf geen smeerlap was, o nee absoluut niet, en dat Sanne ook geen smeerlap was.

'O nee, waarom niet?' vroeg Cédric.

Toen legden we hem uit dat meisjes nu eenmaal geen smeerlappen kunnen zijn. Meisjes kunnen trutten of sletten zijn, maar geen smeerlappen.

'O, ik begrijpt het,' zei Cé, en hij draaide zich om naar Sanne.

'Sanne,' vroeg hij vriendelijk, 'bent jij een trut of een slet?'

En toen moesten we met zijn allen Sanne tegenhouden en toen ging de bel en er gebeurde iets ongelooflijks: we *renden* allemaal naar het lokaal, ook Sanne en Cédric en Deevid en zelfs Kristof! Het was alsof de speelplaats een woestijn was en ons klaslokaal een zwembad.

4 Janssens & Peeters (vervolg)

Nog nooit waren we zo snel gaan zitten in zijn les en nog nooit waren we zo snel stil. De Vandrommeling werd er zelf stil van. Zo stil dat hij even geen woord kon uitbrengen, waardoor wij natuurlijk meteen weer geweldig veel lawaai begonnen te maken.

'Komaan, meneer, het vervolg!'

'Ja, hoe ging het nu verder?'

'Gaan ze nu trouwen?'

'Nee, ze zijn al getrouwd, stomme!'

'Jij bent zelf stom!'

'Ja, meneer, zijn ze nu al getrouwd of niet?'

'Ik wil nooit trouwen geloof ik, alleen samenwonen!'

'O nee, en waarom niet?'

'Ik geloof niet in God.'

'Wat heeft God daar nu mee te maken?'

'Mevrouw God? Geen idee.'

'Néé, niet díe God, idioot! Die andere, die eh... in de hemel en zo...'

'Ah, die... oké. Maar ik geloof dat ze in die tijd nog enorm veel in God geloofden. Enfin, dat denk ik... Klopt dat, meneer?'

'Eh, wat zeg je, Kevin?' vroeg de Vandrommeling, een beetje in de war.

'Of ze toen nog in God geloofden, in de tijd van die Romeo en Julia?'

'Eh... ja hoor, ja hoor...' zei de Vandrommeling.

'Zeg meneer, maar hoe zat het nu: waren ze nu getrouwd of niet?'

'En bent u voor seks vóór het huwelijk?'

'En gaat Romeo nu nog vechten met die Tibo of hoe zit dat?'

'Tybalt, Sigi, die kerel heet Tybalt! T-Y-B-A-L-T. Niet Tibo!' (Ah, oké. Die namen, hè! Pff.)

En ineens, zoals verwacht, kreeg de Vandrommeling het geweldig op zijn heupen en hij riep keihard 'HÉ!!' en toen riep hij het nog een keer of drie, steeds luider en luider en toen werden we stil.

'Zal ik jullie een dictee van een uur geven of hoe zit het?'

(Was hij daar nu wéér met zijn dictee van een uur! Leraren hebben echt zó weinig verbeelding! Maar het hielp wel, dat geef ik toe, want we waren meteen weer stil.)

'Oké, ga allemaal rustig zitten, hier komt het vervolg...'

Een zucht van verlichting en genot ging door het hele lokaal. Eindelijk. Het vervolg.

En weet je wat? Niemand van onze klas maakte ook maar één geluid. En sterker nog: haast niemand viel in slaap. Behalve Kristof dan, maar dat was normaal. Kristof had namelijk maar 4 hersencellen, en die waren voor vandaag allemaal opgebruikt. Maar voor de rest luisterde iedereen naar de Vandrommeling, en ik verzeker je dat die een prima verhaal vertelde.

'We waren gekomen, als ik me niet vergis, bij het moment waarop Romeo als een gek door de straten rende, terwijl hij luid riep: "Tybalt (en niet Tibo!) waar zit je! Ik kom je halen Tybalt! Maak je klaar om te sterven!"'

'Ja, precies, daar waren we gekomen, meneer!'

'Dankjewel, Aïsha!'

'Graag gedaan, meneer.'

De Vandrommeling wierp Aïsha een snelle glimlach toe en wilde verdergaan, maar weer ging daar een vinger de lucht in, krullend als een groot vraagteken.

'O, meneer, meneer!?'

De Vandrommeling zuchtte hoorbaar.

'Ja, Sanne?'

'Bent u nu eigenlijk voor of tegen seks vóór het huwelijk?'

Op dat moment begon iedereen te joelen en 'sst' te roepen tegen Sanne en voor één keer leek de Vandrommeling ons dankbaar omdat we zoveel lawaai maakten.

'Komaan, trut, laat meneer toch verder vertellen!'

'Wat is dat toch altijd met die seks?'

'Het verhaal!'

'Het vervolg!'

'Ja meneer?'

Sanne draaide met haar ogen en zuchtte.

'Ja, 't is al goed hoor!'

En Vandromme zei:

'Dankjewel, Sanne. Dankjewel iedereen.'

En eindelijk, eindelijk ging het verhaal verder.

Na lang zoeken en veel schreeuwen in de stille nachtelijke straten van de stad (waarvan ik de naam dus niet meer weet) vond Romeo de gehate Tybalt Peeters op een pleintje, en ze begonnen te vechten en het gekletter van hun zwaarden weerkaatste hol tegen de maanverlichte gevels. (Die laatste zin is van mij. Cool hè?) Enfin, na een lang en spannend duel prikte Romeo Tybalt dood. Ha! Mercurochroom was gewroken!

Maar intussen had de burgemeester van die stad (de Prins, zeiden ze in die tijd) het serieus op zijn zenuwen gekregen van die twee families die telkens weer zijn mooie stad op stelten zetten met hun gevechten en hun geruzie, en hij had bevolen dat de eerste die nog iemand van een andere familie doodprikte zelf doodgeprikt moest worden! Tchaw, Romeo! Pech gehad, jongen! Maak je uit de voeten, man, en rap!

Maar eerst wou Romeo zijn kersverse bruid nog eens zien natuurlijk – hoe zou je zelf zijn. Julia was echt het lieflijkste & beeldschoonste & aanbiddelijkste schepsel dat je je kon voorstellen. Maar het lieflijke & betoverende & aanbiddelijke schepsel was absoluut niet blij toen haar wettige echtgenoot daar bij haar binnenviel via het balkon, want Tybalt was haar lievelingsneef!

'Smerige moordenaar!' zo snauwde Julia hem toe. 'Hoe dúrf je mij nog onder ogen komen, jij achterbakse messenslijper! Zomaar mijn liefste neef doodprikken, ben je niet beschaamd!'

'Jamaar schat,' zei Romeo, 'je moet dat begrijpen, die neef van jou had wel eerst mijn beste vriend doodgeprikt, en ja, wat moest ik doen?'

'O ja, o ja natuurlijk! Wat moest je doen? Ja, hem ook doodprikken, wauw, wat een geniaal idee! Goed bedacht hoor! Echt geniaal! Jij prikt mijn vriend dood, ik prik jou dood! Slim hoor! Nee echt, is dat alles wat jullie kunnen bedenken, jullie mannen? Of denken jullie alleen maar na met jullie zwaard of met jullie... eh...?'

De Vandrommeling wachtte even en deed alsof hij een woord zocht.

'...Lul, meneer?' hielp Deevid hem.

'Dank je, Deevid.'

Groot applaus barstte los op alle meisjesbanken.

'Goed gezegd, Julia!'

'Ga ervoor, meid!'

'Geef 'm ervan langs!'

De Vandrommeling deed alsof hij verstoord was door het applaus, maar hij genoot van zijn succes, reken maar. De jongens deden een beetje boe boe, maar niet van harte, want iedereen voelde dat er nu iets speciaals aan het komen was... en het werd weer stil.

Julia sprak verder, en ze was nog altijd boos.

'En wat nu? Wat nu, liefste echtgenoot van me, wat moet er dan nu gebeuren? Enig idee? Heb je daar al eens aan gedacht? Want als we logisch nadenken, dan moet iemand jou nu doodprikken, toch?' Romeo beet bedremmeld op zijn lip.

'De Prins,' zei hij stilletjes.

'Wat, de Prins?'

'Nou, die heeft beslist dat ik dood moet.'

Julia gooide haar armen in de lucht.

'Zie je wel? Zie je nu wel? Wat zei ik je? Daar heb je 't al! Straks ben ik weduwe voor ik eh... écht getrouwd ben! En dat allemaal door die dwaze machospelletjes van jullie, mannen!'

'Maar ik...' stamelde Romeo, maar Julia schudde het hoofd, slaakte een diepe zucht en legde hem het zwijgen op door zachtjes haar wijsvinger op zijn lippen te leggen, en ineens klonk haar stem helemaal anders, zachter en lichtjes hees en...

'Zwijg, onnozelaar!' zei ze. 'Zwijg en kom in bed, en laat me eens goed voelen dat ik écht getrouwd ben!'

Bij die woorden van Julia brak een oorverdovend gejoel en gefluit los op alle banken, zowel van jongens als van meisjes, en we begonnen allemaal te zingen van 'Dit is een nacht die je normaal alleen in fillems ziet...'

De volgende ochtend moest Romeo al heel vroeg opstaan uit het warme huwelijksbed want de mannen van de Prins zochten hem, en hij sprong op een paard en reed als de bliksem naar een totaal afgelegen en stom boerengat, laten we zeggen Aarschot of zo, want daar zou niemand hem zoeken. En hij sprak af met een vriend dat die hem op de hoogte zou houden van alles wat er met zijn geliefde Julia gebeurde... En na een paar weken, als de zaak een beetje was afgekoeld, zou hij naar de beschaafde wereld (Leuven, ha ha!) kunnen terugkeren en dan met Julia vluchten naar de Bahama's of Benidorm of zo, enfin dat zouden ze dan wel zien, maar het zou goed komen, o ja, het zou goed komen, reken maar...

Goed zo.

Alles onder controle.

Dacht hij.

Dacht hij!

Arme Romeo. Arme sukkel.

Want ineens begon de zaak serieus te stinken.

De ouders van Julia roken namelijk onraad en ze besloten het huwelijk van hun enige dochter met die ellendige Paris een beetje te vervroegen.

'Overmorgen!' zei de moeder van Julia.

'Maar mama, dat gaat niet!' riep Julia in paniek.

'O nee, en waarom niet?' vroeg de moeder, en toen moest Julia heel hard op haar lip bijten, want natuurlijk kon ze niet vertellen dat ze *al getrouwd was* met Romeo, de aartsvijand, want dan ging Romeo eraan, zeker weten! En dus brabbelde ze: 'Maar mama, ik ben nog veel te jong...'

'Jong?' antwoordde haar moeder. 'Jong? Kind, waar heb je 't over? Je bent al bijna veertien! Op jouw leeftijd was ik al twee jaar getrouwd!'

En dus was er niks aan te doen: over twee dagen moest Julia met Paris trouwen. Radeloos rende het kind naar pater Lorenzo*, en ze vroeg hem wat ze moest doen en pater Lorenzo dacht héél diep na, want het probleem was héél groot, en ten slotte bedacht hij een heel originele, maar ook héél riskante oplossing...

En toen ging de bel...

---

*Zo heette dus die pastoor die met Romeo bevriend was: pater Lorenzo. Intussen weet ik ook de echte achternamen van Romeo en Julia, en ze heten Capuletti en Montacchi. Alleen weet ik niet goed meer wie Capuletti en wie Montacchi is. Klinkt wel beter dan Janssens en Peeters, toegegeven, maar zo veel maakt het nu ook weer niet uit volgens mij. Toch? *What's in a name?*

5 Janssens & Peeters (vervolg en slot)

'Sorry jongens, etenstijd...' zei de Vandrommeling. 'Allemaal naar de eetzaal...'

'Nee meneer, toe nu meneer, dat kunt u niet menen! Dat kunt u ons niet aandoen! Alstublieft meneer, mogen we niet voor één keer in de klas eten? En kunt u alstublieft verder vertellen, alstublieft meneer?'

Enfin, we drongen zo hard aan dat de Vandrommeling niet anders kon dan toegeven, de arme man.

'Hé, en wat moet ik dan eten?' vroeg hij, terwijl wij onze lunchpakketten uit onze tassen haalden en onze blikjes cola en fanta (propvol suiker) lieten ploffen.

'Daar zorg ik wel voor!' riep Sanne, en ze holde de deur uit.

'En u krijgt een boterham van mij!' riep Alex vrolijk.

'Eh, dankjewel, Alex, dat is heel vriendelijk... maar ik heb niet zo'n honger...,' zei Vandromme aarzelend.

'U weet niet wat u mist,' zei Alex, en hij beet een groot stuk van zijn schimmelbrood met gebakken regenwormen (enfin, zo zag het eruit).

'Het verhaal, meneer, het verhaal!'

Op dat moment kwam Sanne aangerend met een bekertje koffie ('Pas op au au au heet heet heet!') en duwde dat in de ene hand van Vandromme. Toen zocht ze diep in haar jaszak en haalde daar een totaal vermorzeld wafeltje uit en dropte de kruimeltjes in de andere hand van onze verbijsterde leraar.

76

'Zo, daar hebt u uw eten! Nu het verhaal, alstublieft!'

De Vandrommeling haalde diep adem, nam een lange slok van zijn koffie, verbrandde zijn tong en hapte vervolgens nog twee drie, keer naar adem. Wij keken aandachtig toe en wachtten geduldig. Geduld is een van onze sterkste deugden.

'Oké, waar was ik...?'

'De oplossing, meneer! Die pater Lorenzo had een originele maar riskante oplossing bedacht...'

Kristof stak zijn hand op.

'Ja, Kristof?'

'Wat is riskant?' vroeg Kristof.

'Kristof, hou je kop!' riepen wij allemaal tegelijk. En Lilith en Heidelinde mepten op zijn kop tot hij weer braaf ging liggen.

'Gevaarlijk,' zei Vandromme. 'Riskant betekent gevaarlijk, Kristof. En nu vertel ik verder.'

En zo kwamen we eindelijk te weten wat de oplossing van pater Lorenzo was, en jezus, wat een mega-riskante boel was dát zeg! Luister maar: Julia kreeg van pater Lorenzo een drankje dat ze moest opdrinken de avond vóór haar huwelijk met Paris. Daar zou ze meteen van in slaap vallen, maar dan zó diep in slaap dat het wel zou lijken alsof ze dood was. Echt dood, hè! Lijkbleek en koud en stijf en zo. En dat zou zo twee dagen duren. Haar familie zou kapot zijn van verdriet natuurlijk, en ze zouden Julia begraven en keiluid janken bij haar graf en...

'Ho, wacht even!' klonk ineens de stem van Lilith. 'Begraven, zegt u?'

'Ja,' zei Vandromme, 'maar...'

'Daar ga je dus wel dood van hè!' zei Lilith. 'Echt dood bedoel ik! Want zelfs als je niet echt dood bent als ze je in een kist stoppen, dan stik je toch in die kist? En zeker als ze nog eens al die aarde daar overheen kieperen en zo, enfin, ik bedoel...'

'Ja, dat is echt kei-riskant!' riep Kristof.

'Ho ho, wacht even!' zei Vandromme. 'Dat wou ik net vertellen: in die tijd stopten ze de mensen niet in een kist en ook niet onder de grond! In die tijd hadden alle rijke families een grafkelder op het kerkhof, en dode familieleden werden in die kelder gelegd, en daarna deden ze gewoon de deur dicht.'

'En toch vind ik het kei-riskant!' zei Kristof.

'Maar nee, jong,' zei Deevid, 'dat is helemaal niet riskant! Een dag of twee in de kelder, dat is toch niks...'

'Ja, maar wat dan?'

'Ja, wat dan meneer?'

Allemaal samen draaiden we ons weer naar Vandromme.

'Als ze weer wakker wordt, wat dan?'

'En die Romeo, komt die nog of wat?'

Toen slaakte Vandromme een luide zucht. 'Dat ga ik jullie NU vertellen, maar als er nog ÉÉN idioot mij onderbreekt, dan stopt mijn verhaal hier, en dan komen jullie het einde nooit te weten, is dat goed begrepen?'

'Oké meneer. Sorry meneer. Vertel maar meneer. Sorry meneer. We zijn stil meneer. Alstublieft meneer. We zullen het nooit meer doen meneer. Please meneer. Sorry meneer. Excuseer meneer.'

Een dag of twee na de begrafenis zou pater Lorenzo Julia uit de kelder halen en haar ergens in zijn kerk verstoppen. En hij zou meteen een boodschapper naar Romeo sturen met een lange brief waarin hij de hele situatie uitlegde, dat Julia niet echt dood was en dat Romeo snel naar Leuven moest komen en dan met Julia vluchten en dan zouden ze kweeniehoe gelukkig worden samen, ergens op de Bahama's of in Benidorm of zo.

Ja, dat was een fijn plan, dat vonden wij allemaal, en we knikten eens naar elkaar en staken onze duim op, en een paar meisjes zuchtten heel kort, maar we zeiden niks, echt niks. We luisterden alleen maar, echt waar. Onze monden waren op slot, en ons hele lichaam bestond alleen nog maar uit oren! Enfin, zoiets toch...

Oké, zo gezegd zo gedaan, pater Lorenzo schreef een lange brief en hij gaf de brief aan een boodschapper. En die boodschapper moest de brief zo snel mogelijk aan Romeo bezorgen, op zijn geheime schuiladres in Aarschot. Maar die boodschapper was een klein dik patertje, en die bewoog zich voort op een klein dik ezeltje.

'Ja, halló! Stuur hem dan toch gewoon een sms'je, *moron*!' riep Sylvie.

'Sylvie... in die tijd...' zei Vandromme.

'O, sorry!' zei Sylvie, en ze sloeg met haar hand op haar voorhoofd. 'Wat ben ik stom! In die tijd waren er nog geen sms'jes. Juist?'

'Zo is dat, Sylvie,' zei Vandromme geduldig.

'En gsm?'

'Ook niet.'

'Gewone telefoon? Met palen en draden en zo?'

Vandromme schudde het hoofd.

'Nee, Sylvie. Helaas.'

Sylvie haalde haar schouders op en schudde het hoofd.

'Dan geef ik het op!' zei ze. 'Hoe kun je nu in godsnaam een relatie hebben zonder sms, gsm en telefoon?
En geen facebook ook, zeker?'

'Helaas, Sylvie,' zei Vandromme.

'Maar hij had wel een sneller ezeltje kunnen nemen,'
zei Alex.

'Wie?' vroeg Sylvie.

'Nou, dat patertje.'

'Welk patertje?'

'Sylvie?' zei Vandromme.

'Ja meneer?'

'Zwijg.'

En toen vertelde hij verder.

Alles gebeurde dus volgens plan, op één detail na...

Eén klein detail...

De avond voor haar huwelijk slikte Julia haar drankje
en ze viel als een blok in slaap.

De volgende ochtend vond de nanny haar koud en
stijf, en ze gilde het hele huis bij elkaar. Gejank en gekrijs,
tranen en gehuil, en in plaats van een huwelijk was er een
begrafenis. Julia werd plechtig naar het kerkhof gedragen en bijgezet in de grafkelder van de familie Cupalet...
eh, Cepalut... Capel... enfin, Peeters dus. Tot zover alles
volgens plan. Nogal eng, jawel, maar volgens plan. Maar
toen kwam dat ene detail dat fout liep. Dat ene detail!

Een vriend van Romeo had de begrafenis gezien,
sprong op zijn paard en galoppeerde met 180 kilometer
per uur naar Aarschot...

'En nu komt het!' riep Vandromme en hij sprong overeind. Hij pakte een krijtje en hij schreef een V en een M

op het bord: 'Kijk, dit is Verona, en dit is Mantua*. En dit is dat kleine, dikke patertje op zijn kleine, dikke ezeltje, de boodschapper van pater Lorenzo...' En hij tekende een traag stippellijntje op het bord. '...en dit hier is de vriend van Romeo op zijn snelle renpaard...' En hij tekende een pijlsnelle dikke lijn op het bord.

'Zien jullie wat er gaat gebeuren...?'

Wij keken allen doodstil toe, bleek van de spanning, en geen van ons durfde nog iets te zeggen, nu zeker niet meer, maar toen hoorden we een stem op de achterste bank: 'Oh fuck! Dat ezeltje!'

Vandromme knikte droevig naar Alex.

'Precies, Alex, jij ziet het! De boodschapper met het goede nieuws komt net te laat. En de boodschapper met het slechte nieuws komt net te vroeg. Romeo hoort het slechte, maar foute nieuws. Wanhopig rent hij naar de stal en springt op zijn paard. En net als het patertje aan de voordeur klopt met het goede nieuws, geeft Romeo zijn paard de sporen en verdwijnt door de achterdeur. Met 190 kilometer per uur rijdt hij naar Verona terug, recht naar...'

'Het kerkhof!' riep Sanne in een snik. Vandromme schudde het hoofd.

'Nee, naar een apotheker. Een illegale apotheker eigenlijk. Een gifmenger. Daar koopt hij een flesje met het sterkste gif dat er bestaat.'

'O nee!' riep Sanne en haar stem sloeg een beetje over. Maar niemand lachte.

'En dán pas rijdt Romeo naar het kerkhof. Hij gooit

*Ja oké, Verona is dus die ene stad waar ze allemaal woonden, en Mantua is dat boerengat waar Romeo zich schuilhield.

81

de deur van de grafkelder open en vindt daar zijn geliefde... dood en koud... Hij kust haar, bedelft haar onder zijn kussen en zijn tranen, en dan legt hij haar behoedzaam neer, pakt het flesje en giet het in één slok door zijn keel!'

Een kreet van afschuw golft door de klas, vooral van de meisjes natuurlijk. Maar ik moet ook op mijn tanden bijten van de spanning, ik geef het eerlijk toe. Heidelinde slaat haar handen voor haar mond. Lilith ook en Sanne ook. Sylvie kijkt even naar de andere meisjes en slaat dan ook haar handen voor haar mond.

'Het gif werkt razendsnel en Romeo valt dood neer naast Julia. Seconden later wordt zij wakker...'

'Nee! Nee!' snikt Aurélie, terwijl ze op haar vuist bijt.

'...Verdwaasd komt ze overeind, kijkt rond en ziet het dode lichaam van haar Romeo naast haar liggen. Dan vindt ze het lege flesje gif... en meteen begrijpt ze wat er gebeurd is. Ze pakt de dolk van Romeo en steekt die in haar borst...'

'Au!' roept Aurelie.

'...en ze valt neer, maar terwijl ze valt heeft ze nog net de kracht om de hand van Romeo te pakken. Zo sterft zij ook, hand in hand met haar geliefde...'

Het was al een paar keer stil geweest in onze klas, maar zo stil als nu was het nog nooit geweest. Een voetzool schoof over de plakkerige vloer. Een neus werd opgetrokken. Iemand slikte. Een mouw wreef over een oog. Op de gang ging een deur open en dicht, en ergens in een kantoor begon een telefoon te rinkelen. Op de speelplaats ruiste de wind door de bladeren van de grote kastanjeboom. Op straat reed een auto voorbij. Vandromme begon weer te praten.

Even later kwamen de twee families bij het graf, en toen ze de twee dode geliefden zagen, weenden ze bittere tranen.

De Prins kwam er ook bij staan, en sprak hen streng toe: 'Gaan jullie nu eindelijk jullie verstand gebruiken? Zijn er nu genoeg doden gevallen? Gaan jullie nu eindelijk vrede sluiten?'

En, eindelijk eindelijk, gaven de twee families, familie Capu... dinges en Monta... enfin, Janssens en Peeters elkaar de hand, en ze zworen, zwoeren dat ze vrede zouden sluiten in naam van hun zoon en dochter, de twee piepjonge maar o zo mooie en prachtige geliefden, die misschien dan toch niet voor niets gestorven waren...

Vandromme zweeg en keek ons allen aan. Blonk daar iets in zijn oog? Ik dacht het wel. Ik keek opzij naar Heidelinde en volgens mij zag ik daar ook iets blinken. Ze keek niet terug, wat mij een beetje tegenviel. En bij Deevid, Lilith, Sanne, Samir, ja, zelfs bij Kristof blonk er iets in een oog...

'Dat, jongens en meisjes,' zei Vandromme zacht, 'was het droevige verhaal van Julia en haar Romeo.'

'Fuck zeg,' zei Alex, terwijl hij snurkend een geweldige snotkegel in zijn neus optrok, 'kon dat patertje nu echt niet sneller rijden op zijn ezel?'

Deel 3

Romeo

1 Sterven van liefde

Toen ik op school aankwam zag ik overal kleine affiches hangen, en ze zagen er zo uit:

Sterven van liefde! Een hart en een dolk! Wauw!

Durf je? Durf je?

O jawel, o jawel! zei ik tegen mezelf.

Op slag vergat ik (o schande!) de Dichters in de Mist en hun protest tegen het schooltoneel.

Wat was er ook al weer zo weerzinwekkend aan dat toneel?

Het zal wat, dacht ik, het zal wat!

Dacht ik.

Dwaas die ik was.

Want ik was op dat moment totaal verblind door ijdelheid en liefde. En ook een beetje door dat geweldige verhaal van R & J.

Sterven van liefde? Durf je? Durfde ik? DURFDE IK??

Alles wat ik zag was mezelf op dat podium, aan de zijde van de vrouw van mijn leven, en dat was niet mijn moeder, maar Heidelinde!

Ik Romeo, zij Julia!

Stel je voor, wij twee op dat podium als de beroemdste geliefden in de geschiedenis van de mensheid!

Sterven van liefde, jawel, alstublieft, graag! Ik durf! Haar flesje gif aan mijn lippen en mijn dolk in haar hart – of hoe zat dat ook alweer? *Whatever*, dacht ik, laat maar komen!

Zij Julia, ik Romeo? Natuurlijk zouden wij de hoofdrollen krijgen! Wie anders? Wie anders kwam er in onze buurt? Niemand kon toch aan ons tippen? Zij met haar *looks* en haar lokken, en ik met mijn merkwaardig taalgevoel en mijn prachtig lichaam?

BE THERE! BE THERE!

OH YES I WILL!

En meteen kreeg ik een soort van VISIOEN, en daarin

zag ik mezelf en Heidelinde sterven op dat podium, in prachtige ouderwetse kleren, maar dan wel heel elegant en stijlvol natuurlijk, en ook heel mannelijk voor mij, met laarzen en zo, en we stierven zo ontroerend en indrukwekkend in elkanders armen, met dat vergif en die dolk en zo, dat het hele publiek minutenlang zijn adem inhield, vervolgens in snikken uitbarstte en ten slotte een storm van applaus door de zaal deed rollen. En terwijl die golven van applaus maar bleven komen draaide Heidelinde haar gezicht naar mij, ze keek mij aan met zo'n smachtende blik die me totaal deed smelten van liefde en als in een roes bracht ze haar lippen naar die van mij en ze kuste me met zo'n hitte en zo'n passie dat ik...

'Hé, Sig!'

Verdwaasd draaide ik me om. Johnny Emo stond naast mij en trok kwaad aan mijn arm.

'Wat, wat?'

'Waar zit je met je gedachten, man? Ik sta al een uur aan je mouw te trekken! Komaan, we hebben werk te doen!'

'Werk? Wat dan? Welk werk?'

'Nou, die affiches, man! Die moeten weg!'

'Waarom?'

'Het toneel, man! Wij zijn tégen het schooltoneel van Hofman, *remember*!? Komaan, actie!'

En hij begon driftig affiches los te rukken en tot propjes te verfrommelen. Maar ik bleef staan.

'Johnny,' zei ik.

'Ja?'

'We hebben toch gestemd?'

'Ja, en?'

'Een meerderheid was toch voor deelname aan het schooltoneel?'

'Twee tegen nul! Komaan, Sig, dat was een totaal ongeldige stemming, daar trekken wij ons niks van aan! Die Hofman is een tiran, jongen, dat weet jij toch ook!'

Ik antwoordde niet.

'Hè? Sig?'

Ik antwoordde nog altijd niet.

'Sig? Antwoord eens! Hé, Sigi, leef je nog?'

Hoe kon ik aan Johnny Emo uitleggen dat ik verscheurd werd tussen liefde en vriendschap? Hoe kon ik hem uitleggen dat op dat eigenste moment mijn hart in twee stukken brak?

Ik was zo blij dat ik lid was van de Dichters in de Mist, écht waar, ik had vannacht nog van ze gedroomd, van pijpen roken in grotten en dan misselijk worden en overgeven en zo, en ik had zelfs een gedicht gemaakt met als titel 'De Kotsende Pijp in de Grot' (dat zal ik later nog eens voorlezen), maar aan de andere kant...

Aan de andere kant was er mijn intense liefde voor Heidelinde, die nu al 5 dagen 7 uur en 14 minuten standhield, en ik kon mij niets heerlijkers voorstellen dan die liefde te vereeuwigen op het podium, als de twee prachtige geliefden Romeo eh... Montanje en Julia eh... Capriool, toegejuicht door talloze mensen met stormen van applaus en zo...

'Stormen van applaus,' zei ik luidop.

'Wat?' zei Johnny Emo met gefronste wenkbrauwen.

'Eh, eh... wormen en de paus!' stamelde ik. 'Wormen en de paus!'

'Wormen? De paus?' vroeg Johnny wantrouwig.

'Hij is dood,' zei ik. 'De paus is dood en hij wordt opgevreten door de wormen, voilà. Dat is toch logisch?'

'Huh?'

'Echt waar, Johnny, ik zweer het. En als er witte rook uit de schoorsteen komt, dan is er een nieuwe paus en dan weerklinken er stormen van applaus!'

Bij die laatste woorden keek ik Johnny Emo zo idioot mogelijk aan, en dat werkte. Johnny kneep zijn zwartomrande ogen even dicht, stapte op mij toe en tikte vriendschappelijk met zijn wijsvinger op mijn voorhoofd.

'Iemand is nog niet wakker daarbinnen!' zei hij. 'Verzorg dat hoofd, jongen! Het is alles wat je hebt!'

Hij draaide zich om, maar ik hield hem tegen.

'Johnny!'

'Ja?'

'Maar het is toch een mooi verhaal?'

'Welk verhaal?'

'Nou, Romeo en Julia!'

'Wat heeft dát er in godsnaam mee te maken? Wie speelt er nu toneel omdat het een mooi verhaal is! Jij bent echt niet goed bij je hoofd vandaag, jongen!'

Toen liep hij weg, terwijl hij links en rechts nog wat toneelaffiches van de muren rukte en tot kleine propjes verfrommelde die hij naar de hoofden van de op de speelplaats aanwezige studiemeesters en leraren mikte, maar meestal mis.

Ik voelde mij tegelijk opgelucht en rottig. En ook een beetje nijdig.

Opgelucht, omdat de zaak voorlopig opgelost was. Johnny Emo vermoedde niets van mijn ambitie & mijn verraad. Maar ineens voelde ik me weer rottig, want nu ik weer aan dat toneel dacht, voelde ik me toch een beetje een verrader tegen mijn vrienden van de Mist.

Was ik een verrader?

Verraadde, verried, verroed – o shit! – enfin: pleegde ik verraad tegen de Dichters? En waren zij niet een beetje mijn familie? Een beetje wel eigenlijk, en dus voelde ik me rottig.

Maar tegelijk voelde ik me ook opgelucht, want op dat moment wist ik dat mijn besluit vaststond. Mijn liefde was vele malen groter dan al mijn andere gevoelens. Ik wist wat me te doen stond.

En dus liep ik naar zo'n affiche en rukte hem met een sierlijk gebaar van de muur, zonder hem te verfrommelen. Vervolgens stak ik met grote, stevige stappen de speelplaats over, tot de plek waar ik wilde zijn, het zenuwcentrum van onze speelplaats.

Maar dat zenuwcentrum, dames en heren jongens en meisjes vrienden en vriendinnen, was een gevaarlijke plek. Wat zeg ik: het was een levensgevaarlijke plek, en dat mag je haast letterlijk opvatten, want op die plek loerde de dood op je, in de vorm van drie prachtige meisjes...

2 Drie dodelijke meisjes

Iedere jongen kent het verschijnsel van de drie dodelijke meisjes, en ik bedoel dus écht niet K3! Ik bedoel natuurlijk: HET MEISJE VAN JE DROMEN, OMRINGD DOOR HAAR TWEE BESTE VRIENDINNEN! Iedere jongen weet dat dat een bloedlinke combinatie is, omdat drie meisjes nu eenmaal veel gevaarlijker zijn dan twee meisjes, en dus ook véél gevaarlijker dan één meisje. Nee, echt, drie meisjes samen kunnen dodelijk zijn. Vooral als ze giechelen.

Met ware heldenmoed en grote stappen stak ik de speelplaats over en vatte post naast Heidelinde en haar twee beste vriendinnen Hanne en Sanne. Ik huppelde zo'n beetje *cool* op en neer op mijn *Nike Airs* (met dubbele zool en extra schokdempende gel, speciaal ontworpen voor Michael Jordan, 40% korting in de uitverkoop maar nog altijd knap duur, het had me meer dan twee uur gekost om ze los te pingelen bij mijn moeder), om te verbergen dat ik eigenlijk aan het beven was als een grassprietje in de storm, maar ik slaagde er toch in om hen de affiche onder hun neus te duwen en te vragen: '*Hey girls*, zin om te sterven van liefde?'

Hanne blies een bubblegum op tot een ballon van 30 centimeter diameter en die ontplofte vlak voor mijn neus. Ze peuterde zonder verpinken de roze kledder van haar gezicht en keek me onbewogen aan. Sanne hield haar hoofdje schuin en bekeek me van top tot teen met wijd opengesperde ogen, alsof ik de Hulk was. Heidelinde wierp een vernietigende blik op de affiche en vroeg: 'Sigi, waar heb je 't over?'

Ik hapte naar adem, haalde mijn schouders op, kuchte en knipperde met mijn ogen.

'Ja?' vroeg Heidelinde.

'Nou, het toneel natuurlijk!' riep ik, met lichtjes overslaande stem. '*Romeo en Julia*, *remember*!?' En ik deed er een knipoog bovenop. Totaal fout natuurlijk, ik weet het. Maar toch ging ik verder.

'Ik Romeo, jij Julia!' zei ik tegen Heidelinde, en ik probeerde een beetje als Tarzan te klinken, *Me Tarzan, You Jane*, weet je wel, maar dat mislukte jammerlijk.

Met een zucht schudden ze alle drie tegelijk het hoofd. Het leek wel hoofdballet.

'Je begrijpt het niet hè?' zuchtte Heidelinde.

Natuurlijk begreep ik het niet, ik begreep er geen reet van, maar dat gaf ik niet toe, ben je gek.

'Wat?' mompelde ik nijdig. 'Wát begrijp ik niet?'

De drie keken elkaar aan met een 'veelzeggende' blik, en toen keken ze alle drie tegelijk naar mij. Daarom zijn drie meisjes samen zo dodelijk: drie veelzeggende blikken tegelijk, dat is haast niet te overleven.

'Sigi!' zei Heidelinde.

'Ben jij nu echt dom?' zei Sanne.

'Ja, Sigi! Ben jij nu echt dom?' echode Hanne al kauwend.

Ik slikte haast mijn tanden in onder het geweld van al die blikken. Ik stamelde iets onverstaanbaars en trok mijn schouders op. Ik wist bij god niet waar ze 't over hadden.

'Maar wat is er nu zo erg aan dat toneel?' riep ik uit.

Weer een zucht, weer een trio van rollende ogen in hun kassen. Weer een ballet van drie nee schuddende hoofden. Stilte. Ik stierf een heel klein beetje. Toen zei Heidelinde: 'Hofman!'

'Huh?'

'Hofman!' herhaalde ze zuchtend. 'Hofman, Sigi! Je weet toch hoe erg Hofman is?'

Nee, dat wist ik niet.

'Nou, dan zul je dat wel heel snel merken!'

Hoe dat zo alstublieft?

En ineens was het daar, het gevreesde gegiechel.

Uit drie meisjeskelen. Het kwam zomaar, zonder enige aanleiding, want volgens mij was er niets grappigs gezegd. Maar ineens was het er.

En het ging door merg en been.

En ze draaiden zich ook nog eens om, en sloegen hun vingers (met roze gelakte nageltjes) voor hun mond. En o, dat sneed nog eens dubbel zo hard door mijn ziel. Als een cirkelzaag door een onschuldige dennenboom.

Ik kan je het niet beschrijven, ik kan het je niet uitleggen, maar als je intelligent bent*, dan weet je wat ik bedoel.

Woedend maakte ik me uit de voeten, verfrommelde de affiche met 'Sterven van liefde' tot een prop en gooide hem naar de kop van Estragon, onze speciale studiemeester belast met orde en netheid op de speelplaatsen. Ik miste hem compleet natuurlijk, en liep vervolgens een halfuur radeloos rond op de speelplaats. Toen ging

---

* En natuurlijk ben je intelligent. Anders zou je dit boek toch niet lezen? Want je denkt toch niet dat ik mijn mooie verhaal zou vertellen aan een *oliebol*!?

95

ik tegen een paal leunen, kreeg weer eens twee ballen tegen mijn kop omdat die paal een doelpaal was, werd uitgescholden door breinloze voetballers, ging tegen de kastanjeboom leunen, slaakte een diepe zucht, keek op mijn horloge en zag dat het 12u34 was. Ik wist niet wat ik moest doen, dacht na over mogelijke manieren om zelfmoord te plegen, keek op mijn horloge en zag dat het 12u35 was, dacht na over nog veel meer manieren om zelfmoord te plegen, keek op mijn horloge en zag dat het 12u36 was. In de verte zag ik Johnny Emo die een oneindig aantal proppen papier van de speelplaats aan het oprapen was, terwijl hij nauwlettend in de gaten werd gehouden door Estragon, onze speciale studiemeester belast met orde en netheid op de speelplaatsen. Ik raapte snel mijn eigen verfrommelde affiche op want ik had geen zin in ruzie met Estragon. Ik gooide de prop in de grijze vuilnisbak bestemd voor papier en karton, want ik had geen zin in ruzie met Al Gore, want eigenlijk ben ik best wel bekommerd om het welzijn van onze planeet en de ozonlaag en zo, want ik hoop echt dat ik 2050 overleef, en dat is een kritiek jaar voor het bestaan van onze planeet, heeft de Donderwolk verteld (de Donderwolk is de idioot van aardrijkskunde, maar ook idioten vertellen soms juiste dingen). Ik keek weer op mijn horloge (een keicoole stopwatch, gekregen van mijn vader voor mijn twaalfde verjaardag, met een hoogtemeter en een dieptemeter en een chronometer en een wereldklok zodat ik zelfs onder water kan zien hoe laat het is in Hong Kong en New York en Parijs: zeer handig voor in bad!) en ik zag dat het 12u38 was, Centraal Europese Tijd. Ik ging even op het muurtje naast de kastanjeboom zitten, want ik voelde me ineens heel moe. Ook mijn hersenen waren moe. Nadenken lukte niet.

Om 12u39 stond mijn besluit vast. Kiezen tussen Vriendschap of Liefde? Niks daarvan. Vriendschap én Liefde zou het worden! Eerst zou ik naar Heidelinde gaan en haar vertellen dat ik niet meedeed met het schooltoneel. Roem en applaus konden mij gestolen worden: als ik de liefde maar had! En vervolgens zou ik naar de Dichters in de Mist gaan en hen volop steunen in hun verzet tegen het smerige schooltoneel. Ik stond op om dit kloeke besluit tot uitvoering te brengen toen ik plots een zware hand op mijn schouder voelde.

'Ha, Vandebeek! Net op tijd! We wachten alleen nog op jou!'

Ik draaide me om en ik keek recht in twee kille grijze ogen die niet lachten. De ogen stonden in een soort doodskop met flaporen, een klein baardje (dat eruitzag alsof het op die kin geplakt was), een weke mond die in een flauwe glimlach gekruld was en een scherpe neus. Was het een agent van de CIA, een nazibeul van Auschwitz, of was het de duivel zelf?

Het was erger. Het was Hofman.

3 Op het podium

Op het halfduistere grote podium stonden in een halve cirkel een stuk of tien stoelen opgesteld, waarvan de meeste al bezet waren. Hofman wees me een vrije plaats, en half tot mijn verrassing zag ik dat mijn buurman Johnny Emo was.

'Wat doe jij hier?' siste ik in zijn oor.

'Ik word gegijzeld!' siste hij terug. 'Wij allemaal trouwens!'

'Stilte, alstublieft!'

De stem van Hofman sneed als een mes door de ruimte. Ik keek voorzichtig om me heen: bijna al de andere stoelen werden ingenomen door de Dichters in de Mist: Gert Acné, Adri Van Mol, Bart Azijn, Yentl Demaegd... Ze keken strak voor zich uit, en ze zagen eruit alsof ze net duizend uur strafstudie hadden gekregen. Er waren ook nog een paar gezichten bij die ik niet kende, en die zagen eruit alsof ze maar drie hersencellen hadden, een beetje zoals mijn debiele broertje Wieland. Dat waren waarschijnlijk de mensen die zich vrijwillig hadden aangemeld.

'Welkom, jongelui!'

Hofman liet zijn kille blik over de halve cirkel glijden en keurde ons met een duivelse grijns om de lippen, hij leek een beetje op de Joker uit Batman. En toen begon hij te slijmen.

'Ik ben oprecht blij dat jullie zo talrijk en zo spontaan op mijn uitnodiging zijn ingegaan. Samen gaan we een boeiende reis aanvatten die ons zal leiden naar een van de grootste genoegens die een mens kan beleven: schitteren op de scène! Ik zal jullie op die reis begeleiden, maar meer dan jullie gids kan ik niet zijn, want jullie zullen zelf de hoogste bergen moeten beklimmen en diepste dalen van wanhoop doorkruisen...' en zo ging dat maar door, slijm slijm gorgel gorgel, en het duurde ongeveer een WEEK, de paus was er niks bij, maar ik ben er zeker van dat hij het MET OPZET deed, want toen hij klaar was, was iedereen zijn geleuter zo ongelooflijk beu dat we met plezier ZEVENTIEN toneelstukken gespeeld zouden hebben, alleen maar om van zijn gezeur af te zijn! En het was nog niet voorbij, want toen zei hij:

'Oké, en nu zal ik jullie in het kort het verhaal van Romeo en Julia vertellen! Want ik zie aan jullie gezichten dat jullie branden van verlangen om te weten waar dat stuk nu écht over gaat...'

Ik wilde mijn hand opsteken om te zeggen dat dat écht niet nodig was, want dat we dat allang wisten en dat de Vandrommeling dat al verteld had, maar Johnny Emo hield mijn arm tegen.

'Laat hem, alsjeblieft laat hem, maak het niet erger dan het is!' siste hij.

'Probleem, meneer Van Duren?' vroeg Hofman.

'Nee, niks meneer, vertelt u maar...' stamelde Johnny.

'Dat dacht ik al!' zei Hofman, en hij kuchte een keer of vier, en toen kuchte hij nog eens, zei twee keer 'luister goed want dit is zeer belangrijk', kuchte nog eens, haalde diep adem en stak toen eindelijk van wal: 'Oké, het stuk gaat dus over Romeo, een jongeman uit Verona, die verliefd wordt op Julia, de dochter van zijn vijand en ze trouwen zonder dat hun ouders het weten, maar Romeo's beste vriend Mercutio wordt gedood door Tybalt, de neef van Julia en Romeo doodt Tybalt en dan moet hij vluchten. Intussen moet Julia van haar ouders trouwen met de rijke Paris maar dat wil ze niet en ze slikt een drankje waardoor ze schijndood wordt maar Romeo denkt dat ze echt dood is en hij pleegt zelfmoord en dan wordt Julia wakker en ze ziet Romeo dood liggen en ze pleegt ook zelfmoord. Duidelijk voor iedereen?'

Bij die woorden keek Hofman dreigend om zich heen, alsof hij iets van ons verwachtte (applaus? goedkeurend gemompel? bitter gehuil? gekakel? hysterisch gejuich?), maar wij bleven allemaal doodstil zitten. Ja hallo, wat wil je ook met zo'n gek: als je applaudisseerde riskeerde je strafwerk, als je niks deed riskeerde je een scheldpartij, en als je iets anders deed riskeerde je je nek. Pfff. Er was maar één ding voorspelbaar aan Hofman, en dat was zijn onvoorspelbaarheid.

Maar op het moment dat Hofman zijn mond opende om ons (vrij voorspelbaar) de huid vol te schelden, gebeurde iets écht onvoorspelbaars: achter in de zaal klonk applaus. Van één paar handen.

Alle hoofden draaiden zich in de richting van het geluid, en we hoorden voetstappen dichterbij komen. Ik spitste mijn oren. Die stap, die stap, ik kende die stap! En dat geluid van die laarsjes, ik kon mijn oren haast niet geloven! Zou het kunnen dat...? De stappen naderden het podium, zo meteen zou de gedaante in het licht verschijnen en dan zouden we haar zien en... jawel jawel hallellujah: zij was het!

Zij was het! Zij, mijn Heidelinde met haar prachtige beige laarsjes! Mijn hart maakte een halve salto in mijn borstkas, ik leefde weer! Ze besteeg het podium zoals alleen zij dat kon, met een lichtheid die bijna ondraaglijk was, zelfs Hofman vergat kwaad te worden omdat ze te laat was en keek ademloos toe. Met een onbeschrijfelijke elegantie ging ze zitten op de enige stoel die nog vrij was (zonder mij een blik waardig te keuren, maar dat begreep ik 100%! We konden onze relatie best nog even geheim houden in deze omstandigheden!) en glimlachte zo ontwapenend naar Hofman dat hij zelfs vergat te blaffen.

'Excuseer, ik heb u onderbroken. Gaat u rustig verder...'

'Eh...' zei Hofman, en op dat moment beseften we allemaal dat er iets ongelooflijks was gebeurd: Hofman was zijn stem kwijt!

Toen vroeg Heidelinde: 'Als ik het goed begrijp gaat het stuk dus over de liefde?'

Op dat moment vond Hofman zijn stem terug. Zijn diepvriesstem.

'Dat hebt u goed begrepen, juffrouw!'

'Heidelinde,' zei Heidelinde met haar liefste glimlach.

'Ja, eh... precies!'

'Is het een oud verhaal?'

'O ja, reken maar! Uit 1595!'

'En waarom wilt u nu precies dat wij zo'n oud verhaal spelen?'

'Liefde is van alle tijden, eh... Heidi...'

'Heidelinde.'

'Ja, dat bedoel ik, Heidelinde, ja. Van alle tijden. Dus ook van deze tijd. Van nu.'

'Jaja, dat is heel goed gezien,' zei Heidelinde, terwijl

ze bedachtzaam knikte. 'Zo had ik het nog niet bekeken...'

'Is het niet?' zei Hofman, en hij wierp ons allemaal
een vernietigende blik toe. ('Zie je wel, idioten? Zij begrijpt het! Zij wel!') Toen draaide hij zich weer naar Heidelinde.

'Had u nog vragen, juffrouw?'

'Ja! Mogen er nog wat vrienden van mij meespelen?'

'Eh... natuurlijk!' zei Hofman, enigszins van zijn stuk
gebracht. *Wat krijgen we nou*, zag je hem denken: *Vrijwil-
ligers voor míjn schooltoneel?*

'Okééé!' zei Heidelinde. Ze floot op haar vingers (ik
wist niet dat ze dat kon!) en met een knal vloog de deur
van de feestzaal open en onze halve klas stormde de zaal
binnen: Deevid, Cédric, Lilith, Sanne, Hanne, ja, zelfs
Kristof en David, en helemaal achteraan, een beetje tra-
ger omdat hij net iets in zijn mond aan het stoppen was,
een snotpegel waarschijnlijk, Stinky Alex. Tchaw zeg,
wat gebeurde er hier allemaal?

Hofman wist het blijkbaar ook niet zo goed meer,
want hij wierp verwilderde blikken om zich heen, wiste
het zweet van zijn voorhoofd, sleepte steeds meer nieuwe stoelen aan, maakte de halve cirkel steeds groter, liet
iedereen zitten en plooide ten slotte zijn gezicht toch
maar in een slijmerige glimlach. Hij deed zijn mond
open, waarschijnlijk om nog eens welkom en zo te zeggen, maar Heidelinde was hem weer te vlug af.

'Meneer? Ik heb nog een vraag!'

'Ja, Heidi, vraag maar!'

'Heidelinde.'

'Ja, precies, dat bedoel ik... Heidelinde... Wat wilde je
vragen?'

'Krijg ik een leuke jurk?'

'Eh ja...!' knikte Hofman aarzelend. 'Het stuk speelt zich af bij twee rijke families in Verona, en in 1595 droegen meisjes van rijke families prachtige jurken! Jij, enfin... Julia krijgt een prachtige gele jurk, met goudbrokaat en zo en...'

'En de jongens, meneer?'

'Nou, die krijgen geen jurken natuurlijk, hahaha!'

Hij lachte om zijn eigen grapje, maar niemand anders lachte, en er viel een ongemakkelijke stilte, en toen vroeg Gert:

'Ja, hoe zit dat dan met de jongens, meneer?'

'Dat zien we later nog wel, meneer Demulder! Eerst hebben we dringender werk voor de boeg!'

'Wat dan?'

'De rolverdeling, natuurlijk!'

'Nu al?'

'Ja, Demulder, nu al! Hoe eerder, hoe ...'

Maar op dat moment ging de bel.

4 Onzekerheden en raadsels

Bij het woord 'rolverdeling' begon er iets geweldig hard te beuken op de binnenkant van mijn schedelwand, het voelde zo ongeveer als de Titanic die met volle kracht tegen de ijsberg aan beukte. Het duurde een tijdje voor ik zelf doorhad wat het was, en toen ik het doorhad, voelde ik me niet echt beter: die spanning, hè! Die onzekerheid!

Het waren vier woorden, maar ze bleven eindeloos beuken:

SIGI ROMEO, HEIDELINDE JULIA.

SIGI ROMEO, HEIDELINDE JULIA.

SIGI ROMEO, HEIDELINDE JULIA.

ENZOVOORT...

En nu wist ik nog altijd niets, puree! Want de bel was gegaan en we zaten alweer gewoon in de les (godsdienst van mevrouw God, ook dat nog!), en natuurlijk was ik voor 99,9% zeker dat wij het zouden worden, mijn beeldschone geliefde en ik, maar dat ene 0,1% zorgde wel voor een spanning die bijna ondraaglijk was.

Die spanning, hè! Die onzekerheid!

SIGI ROMEO, HEIDELINDE JULIA?

SIGI ROMEO, HEIDELINDE JULIA??

SIGI ROMEO, HEIDELINDE JULIA???

Toegegeven, als ik naar mijn klasgenootjes keek, dan voelde ik me alweer een heel stuk zekerder van mezelf, want wie kon er nu wedijveren met ons beider talent? *Haar* looks en lokken en *mijn* merkwaardig taalgevoel en prachtig lichaam, daar kon toch niemand of niks tegenop?

David? Ha! Altijd een 8 of een 9 op zijn toetsen (als hij eens een 7 had begon hij te huilen en om zijn mama te roepen) en bijgevolg een totale NERD. Was niet eens geschikt voor de rol van schildwacht of morrend volk!

Lilith? Oogverblindend mooi, toegegeven, maar ze kende nauwelijks het verschil tussen Shakespeare en Beyonce.

Kristof (ontelbaar veel spieren, ontelbaar weinig hersencellen) liep gewoon Lilith achterna natuurlijk (waf waf), maar had ongeveer evenveel aanleg voor toneel als George Bush voor het presidentschap van Amerika.

Cédric was helemaal oké, echt de sympathiekste Waal ter wereld, maar eerlijk, hij kwam nog niet in de buurt van mijn merkwaardig taalgevoel. Hadden we nu een *Frans* toneelstuk gespeeld, dan misschien...

Deevid, mja... Deevid was misschien een heel klein beetje een concurrent voor mij, hij zag er bijna zo goed uit als ik, maar hij was niet in staat om ook maar één regel tekst uit het hoofd te leren.

En Alex dan! Wat kon een van de stinkendste leden van het menselijk ras in godsnaam uitrichten in een toneelstuk over de liefde? Als de eerste Romeo in de geschiedenis van het theater die Julia kuste met een snotpegel aan zijn neus?

Nee, mijn klasgenootjes waren écht geen partij voor mij en Heidelinde.

SIGI ROMEO, HEIDELINDE JULIA.

SIGI ROMEO, HEIDELINDE JULIA.

SIGI ROMEO, HEIDELINDE JULIA... YES!

Maar ineens overviel mij een andere, licht onrustwekkende gedachte (bonk bonk tegen mijn schedelwand): als ze allemaal toch zo *ontstellend* weinig talent voor toneel hadden, wat had al die gasten dan bezield om zich zo ineens voor het schooltoneel te melden? En dan nog *spontaan*?

Want laat dit duidelijk zijn: in de lange geschiedenis van het schooltoneel hadden tot nu toe exact NUL personen zich ooit *spontaan* aangemeld bij de gevreesde en gehate Hofman.

En nu ineens de halve klas? Wat was dat nu weer voor een raadsel? Waren al mijn klasgenootjes collectief waanzinnig geworden of wat moest ik daarvan denken?

Na zeer lang nadenken (zeker 6 minuten) besloot ik dat één onzekerheid meer dan genoeg was voor mijn arme schedelwand, en dat ik dus alvast het tweede raadsel heel snel moest oplossen, en wel nu meteen, tijdens de les godsdienst van mevrouw God. Een betere kans kreeg ik nooit meer.

In een razend tempo stelde ik een enquêteformulier op, met daarop de volgende, eenvoudige vraag:

Waarom speel jij mee in het schooltoneel?
(Kruis het juiste vakje aan)
(Meerdere antwoorden zijn mogelijk)

o   omdat ik niks anders te doen heb
o   om rijk en beroemd te worden
o   om een griet te versieren
o   om een gast te versieren
o   om een mooie jurk te krijgen
o   om te slijmen bij Hofman
o   omdat ik graag toneelspeel
o   omdat ik een fan van Shakespeare ben
o   andere reden (vul zelf aan): ....

Gelieve dit formulier terug te bezorgen aan S.V., een vriend die het goed met je meent. Achterste bank midden, naast Stinky A. Voor wie mij (nu nog altijd) niet kent: ik draag meestal een gasmasker.
PS. Deze enquête gebeurt geheel anoniem! Absolute discretie 100% gegarandeerd!
PS 2. Als je niet meewerkt aan deze schriftelijke enquête komt Stinky Alex persoonlijk bij je langs om je die vraag mondeling te stellen!!

Toen stak ik mijn ene hand op en hield mijn andere hand voor mijn mond, alsof ik dringend moest kotsen.

'Mewwouw awwubwieft, ik woel me nieggoed...! Maggik ewwe naaw de wc...?'

'Ja Sigi, maak dat je wegkomt, en snel wat!'

En ik rende de klas uit, recht naar het kopielokaal,

maakte snel een stuk of tien kopieën van mijn enquê-teformulier, liep de toiletten in, maakte m'n gezicht nat en gaf mezelf een paar meppen op mijn wangen, zodat die er behoorlijk rood en koortsig uitzagen, ik wreef een paar keer keihard in mijn ogen zodat het leek of ik ge-huild of gekotst had en wandelde toen op mijn gemakje naar de klas terug.

'En, gaat het al wat beter, Sigi?' vroeg mevrouw God bezorgd.

Zo'n goed mens, die God! Ze was zelfs bezorgd om schijnziektes. Het kan ook dat ze maar schijnbezorgd was natuurlijk, en in dat geval was ze een schijnheilige, ha ha!

'Jawel mevrouw. Een beetje mevrouw. Dank u wel mevrouw,' zei ik, een beetje zielig kijkend (daar ben ik inmiddels heel goed in geworden, in zielig kijken), en terwijl ik naar mijn bank stapte deelde ik snel mijn for-mulieren uit.

Ik had mijn moment niet beter kunnen kiezen, want mevrouw God liet net een filmpje zien over solidariteit met de Derde Wereld en zo, en dat zijn toch allemaal dezelfde films, met jungles en waterputten en jeeps en hutjes en woestijnen en zo, net Indiana Jones-films maar dan zonder Indiana Jones, best wel goedbedoeld en zo, maar wel schijtvervelend, en dus had iedereen ruim de tijd om de formulieren in te vullen. Nog geen 10 minu-ten later had ik 90% van de antwoorden al binnen, en na een eerste telling kwam ik tot het volgende – verrassen-de! – resultaat:

o	omdat ik niks anders te doen heb	o
o	om rijk en beroemd te worden	1
o	om een griet te versieren	1
o	om een gast te versieren	1
o	om een mooie jurk te krijgen	1
o	om te slijmen bij Hofman	o
o	omdat ik graag toneelspeel	o
o	omdat ik een fan van Shakespeare ben	o
o	andere reden:	**9 (!!!)**

Dus 90% van mijn klasgenootjes speelde mee om een 'andere reden'! En weet je wat ze ingevuld hadden bij 'andere reden'?

Weet je wat ze ALLEMAAL hadden ingevuld bij 'andere reden'?

'OMDAT HEIDELINDE MEESPEELT!'

Ineens werd ik helemaal bleek en groen en rood en warm, alsof ik écht moest kotsen! Ik staarde ongelovig naar mijn enquêteformulieren en hoofdschuddend telde ik alles nog eens na, maar er was geen twijfel mogelijk: alles klopte. Negen op de tien (90%!) speelden mee omwille van een 'andere reden' en voor negen van die negen (100%!!!) was die andere reden 'Omdat Heidelinde meespeelt'!

Tchaw zeg, wat nu!? Moest ik nu blij of jaloers zijn?

Van mijn klas speelde ongeveer de helft mee met het schooltoneel, en van die helft speelde 90% mee omdat Heidelinde meespeelde! Dat betekende dat ongeveer eh... 45% van mijn klas achter mijn vaste vriendin aanzat, waaronder drie meisjes!

5 Rijstpap en voetballers

We zaten weer in een halve cirkel op het grote podium en Hofman gaf ons allemaal een fotokopie met een paar regels tekst erop. Die moesten we uit het hoofd leren en dan 'expressief voordragen'. Oké, dat klinkt logisch, zul je zeggen, want dat doen toneelspelers nu eenmaal: tekst uit het hoofd leren en die expressief voordragen.

Maar weet je wat mijn tekst was? Nee echt, WEET JE WAT MIJN TEKST WAS?

"Het ideale NUTELLA-ontbijt bestaat uit 60 g brood, 30 g NUTELLA, 250 ml chocolademelk en 100 ml fruitsap. Het zorgt voor de koolhydraten, mineralen en vitamines die nodig zijn voor het ontbijt van kinderen in de groei tussen 6 en 10 jaar oud."

Echt waar en ongelogen!

En die van Alex was: "De verkoop van vrachtwagens in Europa is in de eerste 6 maanden van dit jaar met 37,2% gezakt. In juni was er een daling van 34,8%. Daarmee zakt de verkoop nu al 14 maanden op rij. De eerste maanden werden 883.301 bestel- en vrachtwagens ingeschreven, tegen 1,4 miljoen in dezelfde periode het jaar voordien."

En die van Lilith: "Doe 500 milliliter melk in een pan en breng aan de kook. Neem de pan van het vuur en voeg de mix voor rijstpap toe en roer gedurende 1 minuut stevig met een garde. Laat 10 minuten staan. Rijstpap doorroeren en serveren."

Die van Deevid ging over mensenrechten in China, die van Kristof over de nieuwe vaatwasmachine van Philips, die van Cédric kwam uit het algemeen reglement van de Belgische voetbalbond en Sanne had een samenvatting van een boek van www.scholieren.com.

En natuurlijk hielp ons protest geen spat, wat had je gedacht.

'Een goede toneelspeler kan zelfs de telefoongids expressief voordragen!' zei Hofman. 'Jullie krijgen 5 minuten om je tekst uit het hoofd te leren, geen seconde langer!'

En hij drukte zijn stopwatch in. Jezus, ook dat nog, een stopwatch! Wie dacht hij wel dat hij was: een sportleraar? Brrr.

Enfin, we begonnen dus allemaal als een gek onze teksten te leren en volgens mij was dat echt wel een sportieve prestatie! Na exact 5 minuten blies Hofman op een fluitje. (Een fluitje, echt waar, ik zweer het! Als een scheidsrechter!) en toen was het zover.

Eén voor één riep hij ons naar voor en we moesten in het midden van de halve cirkel gaan staan en zo expressief mogelijk vertellen hoe je rijstpap kookte, hoe het gesteld was met de mensenrechten in China of hoe de match Liverpool-Feyenoord verlopen was. Het zweet stond in mijn schoenen en ik stierf duizend doden terwijl ik achtereenvolgens Kristof, Deevid en Cédric zag opkomen en weer afgaan, en vervolgens in kleine scherfjes vallen onder het snerpende commentaar van Hofman:

'Noem je dat expressief? Een krop sla is expressiever!'

'Begin maar hoor! O, je bent al klaar? Sorry, niks gehoord!'

'Heb je dat probleem al van bij je geboorte?'

'Weet je, de letter 's' is ook een letter, hoor! Je mag die best uitspreken!'

'Het is niet omdat je 't hebt over de mensenrechten in China dat je zelf Chinees moet spreken!'

En telkens noteerde hij iets in een klein zwart boekje.

Toen waren de Dichters in de Mist aan de beurt en ze deden allemaal hun best om zo stom en onverstaanbaar mogelijk over te komen. Gert ging met zijn rug naar het publiek staan, Johnny Emo ging op de grond liggen en Yentl gilde zo luid dat iedereen naar zijn oren greep. Hofman schudde zuchtend het hoofd en maakte aantekeningen in zijn zwarte boekje, terwijl de Dichters knipogend en grijnzend weer gingen zitten. Sabotage, ha ha!

Toen ik als voorlaatste aan de beurt was voelde ik me als een pot Nutella met een grote barst erin, en al mijn Nutella was gesmolten.

En toen ik klaar was vroeg Hofman aan mij hoe een pot Nutella eruit zag die te lang in de zon gestaan had.

'Slap,' stamelde ik. 'Slap en gebarsten...'

'Precies,' zei Hofman, 'zo klonk je ook.'

Gloeps. De planken van het grote podium zakten krakend weg onder mijn voeten terwijl ik naar mijn stoel terugliep. Weg droom, weg Sigi Romeo. Ik zou een schildwacht worden, of morrend volk. Of paard. Of boom...

Toen was Heidelinde aan de beurt.

Ze keek de kring rond, haalde diep adem en begon: 'O Romeo, Romeo, waarom is jouw naam toch Romeo?'

Kristof sprong recht.

'Hé, dat is niet eerlijk!' riep hij.

'U bedoelt, meneer Bogaert?' vroeg Hofman.

'Zij krijgt die keiromantische balkonscène en wij krijgen kutteksten over voetballers en rijstpap!'

'*Wat* voor teksten zei u, meneer Bogaert?'

Kristof kuchte.

'Ik bedoel, eh... *andere* teksten, meneer...' mompelde hij.

Hofman liet een korte, maar zeer ijzige stilte vallen. Je kon het zweet van Kristof onder zijn oksels horen ruisen.

'Verder nog iets, meneer Bogaert?'

Kristof schudde zwijgend het hoofd en ging weer zitten. Hofman keek ons allemaal aan, schreef iets in zijn notaboekje en knikte naar Heidelinde, de schat van mijn leven, nu al sinds 6½ dag!

'Ga verder, Hilde.'

''t Is Heidelinde, meneer.'

'Jaja, dat weet ik wel. Ga verder.'

'Een roos zou net zo mooi zijn, en net zo lekker ruiken als ze anders heette!' zei Julia/Heidelinde, en ik moet eerlijk toegeven dat haar stem echt prachtig klonk. Ik kon er meteen een heel balkon bij denken.

En toen ze klaar was zei Hofman dankjewel, en dat had hij tegen niemand anders gezegd, en ja, toen was het wel duidelijk dat Heidelinde Julia zou worden, maar ik denk echt dat iedereen het daarmee eens was, want Heidelinde was zo *wauw* en *zucht* dat iedereen haar wel fantastisch *moest* vinden.

En dat is nu mijn vriendin! dacht ik met een stille zucht, en ik was *zo* trots! – Op een dag zouden wij onze relatie publiekelijk bekend maken, en de pers zou aanwezig zijn met camera's en flitslampen en zo, en er zou een rode loper voor ons worden uitgerold, en we zouden samen in de limo stappen en...

'Hé, Sig! Zit niet zo te kwijlen!' siste ineens iemand in mijn oor, en ik schrok wakker.

Het was Johnny Emo, en hij had gelijk.

Alle jongens zaten nu bloedrood van de spanning op hun nagels te bijten en te zweten en te kwijlen, maar de Dichters in de Mist mochten natuurlijk niks laten merken! Die deden alsof het hen allemaal geen reet kon schelen! Ik begreep wat er van mij verwacht werd, en ik trok meteen mijn gezicht in de juiste plooi om hen te laten merken dat ik aan hun kant stond en dat het mij ook geen reet kon schelen, maar intussen stierf ik wel duizend doden, want in feite kon het mij wel een reet schelen natuurlijk. En eigenlijk, eigenlijk kon het de Dichters ook wél enigszins een reet schelen, maar dat konden zij niet laten merken natuurlijk, dat begreep ik wel, en ik mocht dus ook niets laten merken, en dat begreep ik ook, maar OH BOY, wat moest ik toch veel begrijpen op dat moment en wat moest ik toch veel doen alsof en wat is het leven soms toch verwarrend!

Toen zei Hofman: 'Oké, dan is het nu tijd voor de fysieke proef.'

En natuurlijk hielp ons protest alweer geen spat, wat had je gedacht, en het volgende halfuur moesten we de meest debiele & idiote 'fysieke proeven' uitvoeren in de geschiedenis van de moderne toneelrepetities.

'Speel eens een kiezelsteentje.'

'Speel eens een lampenkap.'

'Speel eens een bord puree.'

'Speel eens een ontmoeting tussen twee tomaten.'

'Speel eens een cadeauverpakking.'

'Speel eens een maansverduistering.'

'Speel eens een bord spaghetti.'

Maar kijk, ik geef het niet graag toe maar eerlijk is eerlijk, we hebben eigenlijk best wel lol getrapt met die fysieke proeven, want kun jij je voorstellen wat er gebeurt als Alex een 'uit de hand gelopen snottebel' moet spelen en Cédric een 'pizza Hawaï'?

Nee echt, het werd nog bijna aangenaam, daar op het grote podium, we lachten en we improviseerden en we lachten nog meer, Deevid deed alsof hij een doos cornflakes was en Sanne speelde een stoel waarop al heel veel mensen gezeten hadden, en Cédric speelde een glas rode wijn van een goed jaar, en we rolden over de grond van het lachen toen Lilith een gesnipperd uitje speelde dat in de boter gefruit werd in een hete koekenpan, en Heidelinde kwam niet meer bij van het lachen toen ik een doelpaal speelde en Kristof een voetbal, en ik meende op een bepaald moment dat er zelfs een heel klein zuur glimlachje verscheen op de bloedeloze lippen van Hofman. Yes, dacht ik diep in mezelf, mijn kansen stijgen weer! Wieweetwieweetwieweet... Ik probeerde een blik van verstandhouding met Heidelinde te wisselen, en ze lachte naar me en stak haar duim omhoog. Ik wierp haar een kushandje toe en ze keerde me bruusk de rug toe. Maar over haar schouder keek ze me nog eens aan en wierp me een luchtkus toe.

Toen hief Hofman ineens een slap handje op en al het gelach verstomde. Het zwarte boekje verscheen en onze regisseur schraapte zijn keel. Het was zover.

6 De rolverdeling

'Dit is de rolverdeling,' klonk de metalen stem van Hofman, en 1 seconde en 3 tienden later was er niks meer te horen op het grote podium, behalve het geritsel van de blaadjes van het zwarte notaboekje.

'Kristof...' zei Hofman.

'Dat ben ik!' riep Kristof enthousiast.

'Nee, echt?' zei Gert spottend.

'Hé, wil je mot of hoe zit het?' riep Kristof tegen Gert.

'Je durft toch niet!'

'Ah nee?'

Het volgende moment rolden ze allebei over de planken van het podium, en we juichten ze luidkeels toe, terwijl we af en toe toch een ongeruste blik op Hofman wierpen: wat voor gruwelijke straf zou hij bedenken voor de twee onruststokers? Maar tot onze verbazing deed Hofman niks. Hij keek aandachtig toe en kriebelde af en toe iets in zijn zwarte boekje en deed verder niks. Pas toen Kristof Gert in een houdgreep had en ermee dreigde zijn arm te breken, hief Hofman weer zijn slappe handje op.

'Stop,' zei hij, en 0 seconden en 8 tienden later hield het gevecht op. Hijgend gingen de twee vechtersbazen weer zitten, elkaar neerbliksemend met hun ogen.

'Dat was goed,' zei Hofman. Onze monden vielen open.

'Ik heb agressie gezien, en energie, en enthousiasme en moordlust, en dat is goed,' zei onze regisseur. 'En vooral: ik heb *expressie* gezien... en dat was heel goed. Veel beter dan daarnet tijdens de fysieke proeven, want die waren zowat de slechtste die ik ooit heb gezien in de lange geschiedenis van het schooltoneel. En daarom wordt Kristof...'

'Dat ben ik!' hijgde Kristof, en hij keek naar Gert, maar die zei niks terug, want hij was met een pijnlijke grimas zijn arm aan het masseren.

'Kristof wordt Tybalt, de neef van Julia...'

'Yes!' riep Kristof. 'Ik ben de neef van Julia!'

'... die gedood wordt door Romeo.'

'Yes!' riep Kristof. 'Ik word gedood!'

Hofman bladerde verder.

'Alex speelt Mercutio, de beste vriend van Romeo, een hele knappe jongeman, maar een driftkikker.'

'*Yeah right!*' riep Alex. 'Ik ben een knappe jongen!'

En hij lachte zijn bruine tanden bloot.

'Lilith speelt Lady Capuletti, de moeder van Julia, en Sanne speelt...'

'Wát? Ik, een moeder? Zo'n oud wijf?' riep Lilith.

'In die tijd werd je wel moeder op je dertiende...' zei Hofman.

'En Julia, hoe oud is die in dat stuk?'

'Dertien.'

Lilith dacht even na. Misschien was ze nu zelfs aan het *tellen*, je wist maar nooit met haar.

'Oké,' zei ze na zeker 5 minuten (in die tijd had ze waarschijnlijk tot 26 geteld). 'Zo'n moeder wil ik wel spelen.'

'Perfect,' zei Hofman. 'En Yentl...'

'Ja?' klonk de stem van Yentl, zo onverschillig mogelijk.

'Jij wordt Mevrouw Montacchi, de moeder van Romeo.'

'O ja? Mij best hoor...'

Johnny Emo en Adri Van Mol zouden de twee vaders
spelen, en ook die twee deden alsof ze een geeuw niet
konden onderdrukken. Vader? Oké, mij best hoor...

Bart Azijn werd Paris, en Kristof deed zijn mond open
om iets te zeggen (waarschijnlijk over Paris Hilton),
maar een strenge blik van Lilith legde hem het zwijgen
op.

En Cédric werd Gregory, een bediende van Romeo,
en dat was niet naar zijn zin.

'Bediende? Ik moet bedienen, hè? 't Is omdat ik Waal
ben, hè? En Walen zijn juist goed genoeg voor de bedie-
ning, hè?'

Maar Hofman stelde hem gerust: Gregory was niet
alleen een bediende, maar ook een vriend van Romeo,
en hij mocht ook met een zwaard vechten, en toen was
Cé wel akkoord.

'Een echt of een van plastic?'

'Een echt natuurlijk!' zei Hofman. 'Dan kun je iedereen doodprikken die zijn tekst niet geleerd heeft!'

'Cool!' zei Cédric.

Toen richtte Hofman zich tot David.

'David,' zei Hofman, 'jij kan eigenlijk voor geen meter acteren...'

Gejoel op alle banken, David maakte zich klaar om te
gaan huilen.

'...maar je hebt vele andere kwaliteiten, en dus word jij
mijn assistent!'

Nog meer gejoel op alle banken. David zwol van trots. Ik moet zeggen dat Hofman daar wel een goede keuze had gemaakt, want de andere kwaliteiten van David waren onder andere: slaafsheid, kruiperigheid, verklikkerigheid, bemoeialligheid, nerdheid en een uitzonderlijk hoog slijmbalgehalte. De ideale assistent voor Hofman dus.

De laatste rollen werden verdeeld. Sanne werd de min* van Julia, Gert werd de prins van Verona, en toen kwam het moment. HET MOMENT.

'Heidelinde...' zei Hofman plechtig.

'Dat was helemaal juist,' zei Heidelinde.

'Pardon?'

'Mijn naam. U hebt mijn naam helemaal juist uitgesproken. Dat was de eerste keer.'

'Jij wordt Julia.'

Applaus van iedereen. (Ik stilletjes trots. Mijn meisje! Mijn Heidelinde! De hoofdrol! Maar natuurlijk had ik niets anders verwacht.)

HEIDELINDE JULIA...

Heidelinde kwam overeind om het applaus in ontvangst te nemen, en ze wierp mij een nauwelijks merkbare blik toe, alsof ze wilde zeggen: 'Ik Julia, jij Romeo'! Ik slikte en mijn hart sloeg twee slagen over.

SIGI ROMEO...

En toen werd het weer stil, want nu zou Romeo komen, dat wil zeggen: *ik* zou Romeo worden, wie kon daar nu nog aan twijfelen? Er was haast niemand meer over,

---

*Min, de (v.): vrouw die een kind van een andere vrouw zoogt. (Van Dale, p. 2164) Cool, hè? In de 21e eeuw zouden wij zeggen *nanny*, of *supernanny*. Dat is ongeveer hetzelfde, maar dan zonder het zogen.

en alle andere rollen waren verdeeld. Wat kon er nu nog fout gaan? Wat kon er mij nog gebeuren? 99,9%...

'En Romeo wordt...'

Ik stond al bijna op om het applaus in ontvangst te nemen, toen er ineens een emmer ijskoud water in mijn gezicht werd gegooid.

'Deevid.'

'Wat?' riep ik.

'Wat?' riep Deevid.

'Wat?' riep Heidelinde.

'Wat?' riep iedereen.

'Deevid,' herhaalde Hofman. 'Deevid wordt Romeo. Dat hebben jullie goed gehoord.'

'Krijg nu het vliegend snot,' zei Alex, en hij haalde een snottebel van ongeveer zes centimeter op in zijn neus.

Deel 4

Repeteren

Rolverdeling R & J

De Prins	Gert Acné
Paris	Bart Azijn
Vader Montacchi	Johnny Emo
Vader Capuletti	Adri Van Mol
Romeo	Deevid Bosmans (ja zeg!)
Mercutio	Alex Verhoef
Tybalt	Kristof Jacobs
Pater Lorenzo	Sigi Vandebeek (jawel, jawel!)
Gregory	Cédric Levaque
Apotheker	J. F. K. Hofman (ha ha!)
Moeder Montacchi	Yentl Demaegd
Moeder Capuletti	Lilith Hendrickx
Julia	Heidelinde Vermeylen
Voedster	Sanne De Koninck
Regie	J. F. K. Hofman (brrr!)
Assistent-regisseur	David Buelens (bweurk!)

1 Zappen

Zoals vele gezonde jongens van 12¾ jaar oud ben ik een voortreffelijk zapper. Ik kan echt urenlang zappen, en mijn prestaties worden beter met de jaren. Vorige zomer haalde ik bijvoorbeeld regelmatig mijn 4 à 5 uur per dag, ondanks de vele stomme klusjes die mijn moeder mij liet opknappen (het gras maaien, onkruid wieden, de plantjes water geven, de oprit harken, afwassen, ramen lappen...), en dat was aanmerkelijk beter dan de povere 2 uur die ik haalde toen ik pakweg 9 was. Zo rond mijn achttiende wil ik mijn gemiddelde opvoeren tot 8 uur per dag, dat is mijn streefdoel, en ik ben er vrij zeker van dat ik dat zal halen. Als mijn duim het uithoudt tenminste. Want de duim is voor de zapper wat de pols is voor Rafaël Nadal en de enkel voor Tia Hellebaut: het meest onmisbare en meest belaste onderdeel van het lichaam. De kunst is dus om regelmatig eens van duim te veranderen, wat perfect mogelijk is, want in tegenstelling tot tennis of hoogspringen is zappen een tweehandige sport, die je dus zowel links- als rechtshandig kunt beoefenen. Op voorwaarde natuurlijk dat je het zappen niet combineert met een andere korteafstandsport, zoals Playstation bijvoorbeeld. In dat geval worden *beide* duimen namelijk zo zwaar belast dat ze er op de lange duur aan kapot gaan.

Ikzelf heb – met pijn in het hart – vorig jaar Playstation laten vallen, en ik ben voluit voor het zappen gegaan.

Maar eerlijk gezegd: ik heb nog geen seconde spijt van gehad van die beslissing. Goede keuzes maken is belangrijk in het leven, en zappen biedt *zoveel meer* toekomstperspectief dan Playstation. Je kan het bijvoorbeeld probleemloos uitoefenen tot je vijfenzeventigste, mijn opa zapt nog altijd met veel enthousiasme (als hij de zapper terugvindt tussen de kussens van de sofa natuurlijk) én je hebt er niet constant nieuwe games voor nodig.

Jammer genoeg zijn er heel wat ouders die hun kinderen niet steunen in hun carrière, en die zelfs ronduit tegen zappen zijn. Mijn moeder bijvoorbeeld vindt zappen ongezond, belachelijk, irritant, slecht voor de concentratie en een bewijs van het ongeduld van onze generatie.

'Jullie jongeren hebben echt geen geduld meer! Als jullie iets beu zijn zappen jullie het meteen weg!'

Ja hallo! Als dat zo was, dan had ik allang de Vandrommeling, Hofman, de Donderwolk, mevrouw God én de hele school weggezapt! Komaan zeg!*

Nee hoor: zappen is heel goed voor de concentratie, en het is bovendien heel leerrijk! Ik herinner me bijvoorbeeld een geweldige zapnamiddag vorige vakantie, 17 of 18 augustus, tijdens de Olympische Spelen, waar ik

---

*Zie ook de Zesde Wet van S. Vandebeek: 'In tegenstelling tot wat veel volwassenen beweren, is geduld een van de sterkste eigenschappen van jongeren. Welke volwassene zou het immers 7 uur per dag, 5 dagen per week volhouden op een te kleine schoolbank met een hard houten zitvlak en een harde houten rugleuning, terwijl hij moet luisteren naar dingen die hem totaal niet interesseren, en die verteld worden door totaal oninteressante mannen en vrouwen die zich evenmin interesseren voor de totaal oninteressante dingen die ze vertellen?'

gewoon ONTZETTEND VEEL GELEERD heb! Een reportage over de luchtvervuiling in Bejing (= ecologie + aardrijkskunde) – ZAP! – iets over uitstervende diersoorten in Afrika (= biologie) – ZAP! – een stukje van het optreden van de Kaiser Chiefs op Werchter (= muzikale opvoeding + onaangepast gedrag van minderheden op popfestivals) – ZAP! – de laatste modetrends in Milaan + defilé met extreem magere modellen (= cultuur + esthetica + gezonde voeding: anorexia!!!) – ZAP! – een fragmentje uit *Grounded for life* waarin de hoofdstad van Nigeria werd genoemd (Abuja!!!) en – ZAP! – een stukje van de Simpsons, waarin ik te weten kwam dat Jemen een *echt land* is! Vervolgens – ZAP! – reclame voor Danone Activio Cremosso (= gezondheid, darmtransit én actieve bifidus) enzovoort enzovoort!

Samengevat: in minder dan een halfuur had ik die namiddag lessen gehad in biologie, ecologie, aardrijkskunde, muziek, cultuur én gezondheidsopvoeding! Geloof me: als ze ons op school minder lesgaven en ons meer lieten zappen, dan zou onze kennis met sprongen vooruitgaan!

Maar... jawel, er is een *maar*... en, ik geef het toe, het is een belangrijke *maar*.

Je mag namelijk *nooit* zappen uit *verveling* of uit *verdriet*.

NOOIT.

Want voor je 't weet ben je verloren.

En dat is precies wat mij is overkomen.

Die donderdag na de rolverdeling ben ik thuis op de sofa neergeploft en ben ik begonnen met zappen. Eerst tussen 5 en 7, en dan nog een klein beetje tussen 8 en 9, toen mijn moeder in slaap was gevallen na het journaal.

Vrijdag was ik wat vroeger thuis en was ik al om kwart over 4 aan het zappen, en dat hield ik vol tot 7 uur. Zaterdag heb ik bijna mijn persoonlijk record geëvenaard: 's ochtends van 9 tot 12 en daarna 's middags van 1 tot 7, en daarna nog eens 's avonds van 8 tot 11. Zondag viel een beetje tegen: van 10 tot 12 in de voormiddag, maar toen moest ik stoppen want om 12 uur moesten we gaan eten bij opa.

We kregen tomatensoep met balletjes en daarna iets met kroketten en appelmoes, er zaten zoals gewoonlijk te veel brokken in de appelmoes en de kroketten waren te hard gebakken, maar opa doet altijd zo hard zijn best om even lekker te koken als oma, dat Wieland en ik dan ook altijd heel hard lekkerlekker en mjamjam roepen en nognog, en dan glimlacht opa altijd een beetje, niet veel maar toch een beetje, want hij denkt nog heel veel aan oma, dat zie je aan hem, en toen oma nog leefde riepen wij ook altijd lekkerlekker en mjamjam en nognog, en oma is echt nog niet zo heel lang dood.

Maar vorige zondag had ik echt geen zin om lekkerlekker en mjamjam en nognog te roepen, en ik at maar 7 kroketten en toen gingen we naar huis, en thuis ging ik weer op de sofa liggen en ik zapte nog eens van 5 tot 7 en toen had mijn moeder er genoeg van en ze pakte de zapper af en zette de tv uit.

'Hoe zit het?!' zei ze, en ze kruiste haar armen voor haar borst. 'Ga je hier nog lang liggen niks doen?'

'Ik doe niet niks,' zei ik. 'Ik zap.'

'Zappen is niks doen.'

'Sniewaar. Zappen is wél iets doen!'

'Zappen is belachelijk en stom!'

'Ookniewaar! Zappen is interessant en leerzaam!'

'Niet beginnen hè! Ik zie heus wel het verschil, Sigi!'

'O ja, wat zie je dan?'

'Je bent aan het zappen uit verdriet.'

'Sniewaar. Geef me de zapper terug.'

'Of uit verveling.'

'Ookniewaar. Geef terug, die zapper.'

'Ik denk er niet aan.'

'Toe nu mam, please?'

'Als jij me zegt wat er scheelt.'

Ik haalde mijn schouders op en keek naar de tv. Ik ben niet alleen een uitstekend zapper, ik ben ook een heel ervaren tv-kijker. Zelfs als er niks op is kan ik tv kijken. Dan kijk ik geen tv, dan kijk ik naar de tv.

'Niks,' zei ik.

'Wat niks?'

'Niks, zeg ik je. Er scheelt niks.'

'Ik geloof je niet.'

'Echt waar, ik zweer het je, er scheelt niks, echt niet!'

Ze zuchtte kort.

'Zoon, stop met die onzin!' zei ze. 'Jij zapt omdat er iets scheelt! Ik weet dat en jij weet het ook! En sterker nog: we weten allebei wát er scheelt!'

'O ja? O ja?? Wel euh..., als je 't zo goed weet, wel... euh... zeg het dan!'

'Jij zapt omdat je de rol van Romeo niet hebt gekregen! Dát is wat er scheelt!'

Ik voelde dat ik een rooie kop kreeg, maar ik hield me sterk.

'Pff. Kan mij dat wat schelen! Ik wilde tóch al niet meespelen met dat stomme schooltoneel!'

'Omdat Deevid de rol heeft gekregen in jouw plaats en je bent jaloers!'

'Sniewaar! Deevid is mijn beste vriend en ik ben heel blij dat hij de rol heeft!'

'O ja? En Heidelinde dan?'

'Wat Heidelinde?' zei ik, en mijn stem schoot een beetje uit, shit.

'Nou, Heidelinde is Julia, en bij een Julia hoort een Romeo, toch?'

'En dan? En dan??? Waar heb je 't in godsnaam over, mam???'

'Toe nu, Sigi: ik ben niet blind en ook niet debiel. En jij ook niet.'

'Ik weet echt niet waar je 't over hebt!'

'Oké dan, je hebt erom gevraagd: je bent bang dat Julia een beetje te goed met Romeo kan opschieten.'

Ik bleef een hele seconde bewegingloos staan, toen kreeg ik ineens geen lucht meer. Ik opende mijn mond, hapte naar lucht en deed hem meteen weer dicht.

'Pff,' zei ik. 'Pff. Pff.' En vervolgens moest ik heel hard mijn lippen op elkaar persen om niet te huilen.

Oké, dit was gênant en dat vond mijn moeder blijkbaar ook, want ze kwam naar me toe en sloeg een arm om mijn schouder.

'Hé,' zei ze. 'Niet alles is verloren hoor. Deevid kan door de mand vallen. Of zijn tekst vergeten. En jij kunt misschien wel de rol van je leven spelen... Welke rol heb je ook alweer gekregen?'

'Pastoor,' zei ik.

Mijn moeder keek me een lang ogenblik aan. Toen gaf ze me de zapper terug.

2 Woorden, woorden, woorden!

Het podium zag er al een beetje anders uit. Er lagen allerlei groene en bruine vodden en lappen over de stoelen en in het midden stond een grote steiger, zoals ze die gebruiken om een gevel schoon te maken of zo.

'Kijk,' zei Hofman, 'die stoelen zijn de struiken en boompjes in de tuin van de Capuletti's, en deze steiger is het balkon en daar staat Julia en... Bosmans! Wat doe jij daarboven?!'

'Nou, de balkonscène!' riep Deevid over zijn schouder. 'Ik sta op het balkon en Julia klimt naar boven om te komen zeggen hoeveel ze van mij houdt, zo was het toch?'

'Imbeciel! Het is net andersom! Kom onmiddellijk naar beneden!'

'Oké, oké, ik kom al...'

Mopperend klom Deevid van de stelling af en kwam op mijn schouder meppen, terwijl Hofman ergens in de coulissen verdween, waarschijnlijk om iemand anders op z'n donder te gaan geven.

'Kijk, Sig, ik heb al een zwaard!' grinnikte Deevid, 'en volgende week krijg ik de rest van mijn kostuum. En jij, hoe gaat het, zit je al een beetje in je rol, meneer pastoor?'

Mijn gezicht betrok, maar dat merkte hij niet. Deevid was mijn beste vriend, maar eigenlijk wist hij niet zoveel van mijn gezicht.

'Nee, eerlijk,' ratelde hij verder, 'zo'n rol als jij hebt, dat zou ik nooit kunnen. Pastoor, man toch! Ik heb zelfs nog nooit een kerk vanbinnen gezien! Hoe ziet dat er eigenlijk uit, zo'n kerk? En...'

En leuteren! Erger dan een meisje. Ik haalde mijn tekst tevoorschijn en deed alsof ik heel hard aan het studeren was, om van zijn geleuter af te zijn.

'Ik ken de mijne al helemaal uit het hoofd,' pochte hij.

'O ja?' deed ik zonder opkijken.

'*Wie nooit een wonde voelde, lacht om pijn!*' declameerde hij. '*Maar stil, welk venster breekt daar in het licht...* shit, dat was het niet... wacht... *Welk dinges breekt er door dat venster daar...*'

'*Welk* licht *breekt door dat venster ginds?*' klonk ineens een scherpe stem naast ons. Deevid kromp ineen. Het was Hofman. Alweer Hofman. '*Het is het oosten en Julia is de zon!*' vervolgde Hofman, en hij sabelde Deevid neer met een vernietigende blik. 'Onthoud dat nu eens, Bosmans! Of zitten er gaten in je hersenen?'

'Nee meneer, ja meneer...' stamelde Deevid. Hofman liep verder over het podium als Napoleon over zijn slagveld, en achter zijn rug stak Deevid zijn middelvinger naar hem op. Maar natuurlijk draaide Hofman zich net op dat moment om.

'Dát heb ik gezien, Bosmans!' zei hij dreigend. 'Je kan maar beter je manieren houden als je Romeo wil blijven! En jij daar, Vandebeek, haal die stomme grijns van je gezicht, of je mag een schildwacht spelen! Of een boom!'

En hij verdween weer achter het doek.

Deevid slaakte een diepe zucht.

''t Is een echte smeerlap, maar hij heeft wel gelijk, Sig: ik *kan* het niet! Ik zal het nooit kunnen!'

'Maar nee... maar jawel...' zei ik.

'...Echt waar, Sig! Heb je al eens bekeken hoeveel tekst die Romeo heeft? En ik kan nog niet eens twee regels onthouden!'

Er stonden tranen in zijn ogen.

'Ja maar, heb je wel gestudeerd?' vroeg ik met een strenge blik. Ik kende Deevid al heel lang.

'O jawel, ik zweer het! Evenveel als voor fysica, aardrijkskunde en Frans samen...!'

'Dat wil niks zeggen, man, dat weet jij ook!'

'... de dag voor het examen!'

'Echt?'

'Echt, gezworen!'

'Oké, *dat* wil wel iets zeggen. Laat die tekst eens zien.'

Het hele jaar door voerde Deevid geen spat uit, dat was algemeen bekend. Maar de dag vóór het examen blokte hij als een varken, dat was ook algemeen bekend.

Ik bladerde door Deevids tekst en ik hapte naar adem.

O mijn god, dit was MIJN TEKST. MIJN ROL.

SIGI ROMEO.

Mijn maag kromp in elkaar, maar ik gaf geen krimp natuurlijk, want Deevid mocht niks merken.

Wat ik las was ongelooflijk. Het was een beek, nee een rivier, een stroom, een oceaan van woorden. Mijn – bescheiden – rol van 'meneer pastoor' was niet slecht, toegegeven, maar dit – dit... Dit was zo mooi, zo mooi! Mijn merkwaardig taalgevoel werd geraakt tot in het diepste van zijn vezels.

Net als Deevid kreeg ik tranen in mijn ogen terwijl ik de woorden las, maar mijn tranen waren van ontroering. En van woede ook. Een beetje. En van jaloersheid. Ook. Misschien.

Ik las: '*Zoals ook de sterren drinken van je ogen, zo zat zijn van je ogen dat ze de hemel doen oplichten, zodat de vogels de nacht voor een dag nemen en zingen, zingen.*'

Toegegeven, ik snapte het niet *helemaal*, maar ik begreep wel dat de sterren zo ongelooflijk onder de indruk waren van de ogen van Heidelinde/Julia, dat de hemel helemaal werd verlicht, door die ogen of door die sterren, *whatever*, maar hij werd ineens zo fel verlicht, die hemel, dat zelfs de vogels zich vergisten en dachten dat het al dag was en begonnen te kwetteren als gek. Wauw, zuchtte ik bij mezelf, wat een ogen!

En wat een woorden.

Met open mond en hoofdschuddend van bewondering las ik verder, nog een regel of vijftig ver of zo, en ineens voelde ik de hand van Deevid op mijn schouder.

'Jij snapt er ook niks van, hè Sig, geef toe?'

Ik keek op en zuchtte, zo overtuigend mogelijk.

'Geen letter, Deev,' loog ik.

Deevids gezicht klaarde op.

'Echt niet?' zei hij blij. 'Nee, echt? Ik bedoel, echt niet? Jij ook niet?'

'Echt niet,' zei ik met een stalen gezicht.

'Wauw, Sig, je weet niet wat dat voor mij betekent, want normaal gezien ben jij toch... eh, hoe zal ik het zeggen... jij bent toch degene die... van ons twee...'

'... de slimste van ons twee?'

'Ja. Ja. Dat bedoel ik, ja. Ja. Ja...' zei Deevid. 'En nu vertel jij mij dat...'

'Luister,' onderbrak ik hem, 'we moeten dit anders aanpakken.'

'Je hebt gelijk!' riep Deevid uit. 'Maar hoe dan?'

'Dat weet ik nog niet,' zei ik. 'Maar het komt in orde, dat weet ik wel.'

'Weet je dat zeker?' vroeg hij onzeker.

'Dat is een wet van het theater,' zei ik. 'Alles komt in orde, ook als je denkt dat het niet in orde komt. Ik heb dat gezien in een film.'

'In een film?' riep Deevid. 'Dan komt het zeker in orde!'

Deevid geloofde alles wat in films gebeurde. Er waren dagen dat ik echt niet begreep waarom die kerel nu mijn beste vriend was.

'Yes!' riep hij, en hij stak zijn handen in de lucht alsof hij net een doelpunt had gescoord. 'Alles komt in orde!'

Net op dat moment kwam Heidelinde voorbij, met haar tekst in de hand.

'Wat komt in orde?' vroeg ze benieuwd.

'Alles!' riep Deevid. 'Het zal mij lukken!'

'O ja? Daar ben ik blij om,' zei ze, en toen draaide ze zich met een zucht naar mij en ze fluisterde me toe: 'Sigi, het lukt me nooit! Bekijk dit eens!'

Ze stak me haar tekst toe en ik las: '*Het liefst bleef ik formeel, ontkende het liefst wat ik net zei. Vaarwel, zoals het hoort. Maar als je zweert, en je blijkt ontrouw, later? Zeus, die lacht om meineden van minnaars.*'

Heidelinde keek me wanhopig aan, maar Deevid legde een hand op haar prachtige schouder. Ik moest mij bedwingen om niet in die hand te bijten.

'Alles komt in orde,' fluisterde Deevid haar toe, terwijl hij met die stomme klauw van hem even in die prachtige schouder kneep, ik zag het wel. Ze keek hem aan en lachte. Niet veel, en zeker niet lang, maar toch genoeg. En ik keek hen aan met ogen als bazooka's. Maar ik zweeg. Voorlopig nog.

'Ja, Deevid,' zei ze lachend, en ik zag hoe Deevid spontaan begon te smelten. En niet als een pot Nutella.

Toen keek ze smekend naar mij.

'Sigi, komt het in orde?'

'Natuurlijk,' lachte ik, maar het lachen deed me pijn. 'Jij bent de beste Julia aller tijden! En die tekst, daar vinden we wel wat op.'

'O ja? Wat dan?'

'Ik weet het niet, maar het komt in orde, geloof me!'

'Yes!' fluisterde ze, en ze balde een vuist en ze wierp Deevid een knipoog toe.

'Jij Romeo, ik Julia!' zei ze tegen hem.

Shit, dacht ik.

Ik had al wel vaker 'shit' gedacht in mijn leven, waarschijnlijk al wel meer dan 9581 keer*, maar deze 'shit' was waarschijnlijk wel de hevigste shit die ik van mijn hele leven al gedacht had.

---

*Hoe ik aan dat getal kom? Wel, door een uiterst eenvoudig rekensommetje: volgens mijn vader heb ik voor het eerst 'shit' gezegd toen ik 4 was. Ik ben nu 12¾. Als je ervan uitgaat dat een gemiddeld kind 3 keer per dag 'shit' zegt of denkt (wat me geenszins overdreven lijkt), dan heb ik inmiddels 365 x 8 x 3 + 273.75 x 3 = 8760 + 821.25 = **9581,25** keer 'shit' gezegd of gedacht in mijn leven. Ik heb dat getal afgerond naar 9582, ten eerste omdat niemand 0,25 keer 'shit' kan zeggen en ten tweede omdat het mij evident lijkt dat ik meer dan gewone kinderen 'shit' heb gezegd of gedacht in mijn leven.

3 Problemen, problemen, problemen!

Ik zat met een serieus probleem, en ik kwam er maar niet uit.

Op het eerste gezicht lijkt dat vreemd, ik weet het, want normaal gezien ben ik een stuk intelligenter dan de meeste 12¾ – jarigen. Maar mijn probleem was dan ook heel wat ingewikkelder dan de doorsnee problemen van de doorsnee 12¾ – jarige.

Oké, een poging tot samenvatting.

a. Deevid was mijn beste vriend, ik kende hem al sinds de kleuterklas. Samen bij juf Carla in onze broek geplast, bij juf Liliane gekledderd met vingerverf, bij juf Sien zandtaartjes gebakken en ook samen verliefd geworden op juf Sandrine (de duobaan): dat schept een band. Zo'n vriend moet je dus helpen en steunen, door dik en dun. Maar laten we eerlijk zijn: Deevid was een luizige Romeo! Hij had misschien de *looks*, maar wat heb je aan een Romeo met *looks* als hij geen twee regels tekst kan begrijpen, laat staan onthouden! Het was een totaal raadsel waarom Hofman *hem* had gekozen en niet *mij*... Maar goed, Deevid was gekozen, ik moest dat respecteren en ik moest hem helpen om een goede Romeo te zijn, maarrrr...

b. ...Heidelinde was de liefde van mijn leven! Al sinds 7 en ½ dag! Dat begon echt wel te lijken op een vaste relatie! We hadden nog maar een paar kleine meningsverschillen, zoals de naam van ons eerste kind (zij wil Joachim en ik wil Spunk), maar daar kwamen we wel uit. En ik wilde zo graag Romeo zijn samen met haar... Ik wou haar ogen zien schitteren als sterren en zo, en haar hart voelen kloppen onder mijn handen (oh yes!), al was het maar één keer, op het podium... oh ja! Maarrr...

c. ...als ik Deevid liet begaan in zijn rol van Italiaanse lover, dan was de kans groot dat hij Heidelinde aan zijn plastieken degen zou rijgen! Want *qua tekst* was Deevid misschien een luizige Romeo, *qua looks* was hij tamelijk ongelooflijk (zie A)! Mijn relatie liep groot gevaar! Als ik Deevid hielp om Romeo te worden, dan gaf ik hem als het ware het mes om mijn eigen polsen mee door te snijden! Ennn...

d. ...ik moet het eerlijk toegeven: *ik wou zo graag zelf eens Romeo zijn.* Gewoon voor mezelf. O ja. Eindelijk eens schitteren. SIGI ROMEO. De hoofdrol. O ja, geweldig. Ik geef het toe... want... zie je... ik, Sigiswald Vandebeek, 12¾ jaar oud, ben misschien wel superieur intelligent en ik beschik natuurlijk ook wel over een merkwaardig taalgevoel, en ik weet ook wel gigantisch veel... maar eigenlijk, eigenlijk kan ik NIKS ÉCHT GOED!

IK KAN NIET VOETBALLEN.

IK KAN NIET ZINGEN.

IK KAN GEEN ELEKTRISCHE GITAAR SPELEN.

IK KAN NIET D-J'EN.

IK KAN NIET DANSEN.

IK KAN GEEN MOPPEN VERTELLEN.

Eigenlijk kan ik niks waar normale jongens van 12¾ jaar goed in zijn.

En waar ze mee scoren bij de meisjes.

(Ik kan ook geen aardrijkskunde, maar ik denk niet dat veel jongens daarmee scoren bij meisjes.)

En dus dacht ik: als ik nu eens Romeo werd.

Want ik kan wél toneelspelen (denk ik).

En ik kan gedichten schrijven.

En ik heb een merkwaardig taalgevoel, dat komt wel van pas bij die moeilijke teksten...

Misschien zou ik dan voor één keer...

Voor één keer...

Écht goed zijn in iets.

En dus ook...

SCOREN.

Bij Heidelinde bijvoorbeeld.

Dan kon ik haar eindelijk laten zien dat ik iets écht goed kon.

En dus was ik nu totaal verdwaald in de doolhof van mijn problemen.

Wat moest ik doen, wat moest ik doen?

Deevid helpen? Dan dolf, dielf, *shit*, delfde ik mijn eigen graf.

Deevid niet helpen? Dan verroed, verreed, *shit*, verraadde ik mijn beste vriend.

Heidelinde helpen? En haar in de armen van mijn beste vriend drijven?

Heidelinde niet helpen? En haar verraden? Maar intussen wel mijn relatie redden?

Problemen, problemen, problemen!

En waar bleven toch die oplossingen, oplossingen, oplossingen?

4 Repeteren, repeteren, repeteren...

Het liep niet al te vlot met de repetities.

De volgende dag moesten Deevid en Kristof oefenen voor hun gevecht en Deevid prikte per ongeluk met zijn plastic zwaard vlak naast het oog van Kristof en Kristof brulde dat hij blind was.

'Dat kan niet, want het was niet *in* zijn oog maar er vlak naast,' zei David, die naast het podium gewichtig stond te doen met een stopwatch, een recorder, een verrekijker en een tekstbrochure.

Kristof riep dat David zich met zijn eigen zaken moest bemoeien, en David riep: 'Dit zíjn mijn zaken, Kristof, want ik ben wel toevallig de assistent-regisseur!' En toen deed Deevid alsof hij in het oog van David wilde prikken en David begon te gillen dat hij blind was en Hofman kwam aangerend en hij brulde: 'Alweer jij, Bosmans? Nog één keer en je bent Romeo af!'

Yes! dacht ik, maar toen zei Kristof tegen Hofman dat er niks gebeurd was, en dat David alleen maar gilde om interessant te doen en dat Deevid niks gedaan had, en toen keek Hofman dreigend naar David, toen naar Deevid en toen weer naar David en toen zei hij tegen Deevid dat het goed was voor deze keer.

Shit.

De dag erna moesten Lilith en Yentl en Johnny en Adri samen een scène doen met Gert. Gert was dus de Prins en de andere vier waren de ouders van Romeo en Julia, *weet je nog*, en de Prins moest die vier eens flink uitschelden en zo, en Gert keek geweldig streng van op zijn hoge troon maar Lilith vergiste zich constant van tekst en in plaats van 'Jawel, edele heer' zei ze telkens weer 'Jawel, edele delen' en toen kreeg ze de slappe lach en toen kreeg iedereen de slappe lach en Gert viel van zijn troon van het lachen, maar die troon was wel keihoog want het was een scheidsrechtersstoel van een tennisbaan, en Gert lag op de grond te kermen en te brullen dat hij zijn elleboog gebroken had en wij kwamen niet meer bij van het lachen, maar Gert bleef maar brullen en brullen en toen werden wij toch stil en Hofman belde de hulpdiensten, maar toen kwam Gert breed lachend overeind en hij zei: 'Haha, goed gespeeld van mij, hè?' maar Hofman was razend want de ambulance kwam er al aan en Gert kreeg een geweldige uitbrander. 'Ja zeg,' mopperde hij, 'we moesten toch toneelspelen?'

De volgende dag moest Alex zijn eerste scène doen. Alex snoof zijn snotpegel op, maakte zijn oren schoon, veegde de etensresten van zijn mond, deed een stap naar voor en bleef plakken aan de planken. Hij deed zijn schoen uit, pulkte een gigantische kauwgum van onder zijn zool, stopte die in zijn mond, spuwde hem op bevel van Hofman weer uit (met tegenzin), trok zijn schoen weer aan, deed nog een stap naar voor, struikelde over zijn zwaard, trok zijn zwaard, struikelde over de schede en kwam ten slotte plat op zijn buik vlak voor Kristof terecht, die daar al een kwartier stond te wachten.

'Sterf dan, smerige Mercutio!' riep Alex, terwijl hij overeind krabbelde.

'Onnozelaar!' siste Kristof. 'Je bent zelf Mercutio! Zelfs ík weet dat!'

'O ja, dat is waar ook,' mompelde Alex. 'En wie ben jij dan ook alweer?'

'Tybalt!'

'Oké, ja, Tybalt... Wel euh, sterf dan, smerige Ty...'

Toen klonk ineens de stem van Hofman, in topvorm, scherp als een scheermes dus: 'Alex, je kent je tekst niet, je stinkt en er hangt een snotpegel aan je neus!'

'Dat is geen snotpegel, dat is mijn snor!' protesteerde Alex.

'Dat is je tekst niet!' zei Hofman.

'Natuurlijk is dat mijn tekst niet! Maar het is ook geen snotpegel!'

'Ach waarom, o ach waarom...?' zuchtte Hofman.

Alex draaide zich naar Kristof en declameerde:

'Ach waarom, o ach waarom?'

'Hé, wat doe je nu, man?' vroeg Kristof verbouwereerd.

'Hou op, idioot!' riep Hofman.

'Hou op, idioot!' riep Alex en hij deed een uitval naar Kristof met z'n zwaard.

Toen stormde Hofman het toneel op en trok Alex achteruit.

'Hé, wat? Wat doet u nu?' riep Alex.

'Dat is je tekst niet, stommeling!'

'Maar u zei het toch!'

'Jawel, maar dat was je tekst niet!'

'Maar waarom zei u het dan?'

'Omdat ik wilde dat je het deed, idioot! Niet dat je het zei!'

'Ja, u moet wel weten wat u wil!' zei Alex.

Hofman zette zijn bril af en wreef in zijn ogen.

'Ga naar huis en snuit je neus,' zuchtte hij.

'Is dat mijn tekst of moet ik dat doen?' vroeg Alex, maar Hofman keek zo dreigend dat Alex niet verder aandrong.

'Oké, oké, ik ga naar huis en snuit mijn neus! Maar ik waarschuw u: dat kan wel een paar dagen duren!'

Twee dagen later moesten we allemaal samen de scène van het feest doen met plastic bekertjes vol water in plaats van kristallen glazen vol wijn, en Alex struikelde en goot al zijn water over de jurk van Yentl, die gillend wraak nam door haar bekertje uit te kiepen over de kop van Cédric, en algauw ontaardde het feest in een wild watergevecht. En vreemd genoeg vond Hofman dat prachtig. Hij zat glunderend toe te kijken en klapte zelfs een klein beetje in zijn handen.

'Dat houden we erin,' zei hij. 'Doe dat nog eens, maar nu met meer overtuiging!' Rare kwast toch, die Hofman. Als we echt onnozel deden, vond hij het geweldig, en als we ons best deden, kregen we op onze kop.

Maar de volgende dag vond hij het al heel wat minder prachtig, want driekwart van de spelers was snipverkouden omdat iedereen gisteren met zeiknatte kleren naar huis was gefietst, en nu stonden al zijn acteurs te snotteren en te snuiven op het toneel.

'O bijn liebste Dzulia,' zei Deevid, 'ik hou zobeel ban jou, de dag is zaloers op jouw twee ogen die zjitteren als de zjon.'

En ik zei (helemaal in mijn rol van pastoor): 'Robeo, bilt gij deze brouw als uw bettige echtgebote?'

'Oké,' zei Hofman, 'we stoppen voor vandaag. Allemaal naar huis en neusdruppeltjes halen bij de apotheek.'

En iedereen ging snotterend naar huis, maar net voor ik wegging kwam Heidelinde naast me staan en fluisterde in mijn oor: 'Ik bil graag jouw bettige echtgebote zijn, Bigi!'

Waarop ik gelukzalig snotterend naar de apotheker fietste en ongeveer zestig druppeltjes in mijn neus spoot, om zeker te zijn dat ik goed zou slapen. Maar die nacht had ik een afschuwelijke nachtmerrie: ik droomde dat Deevid zijn tekst perfect kende en Heidelinde was daar zo van onder de indruk dat ze hem vol op de mond wilde kussen op haar balkon, en ik sprong op dat balkon in mijn pastoorsjurk en riep: 'Wacht dan toch tot ge getrouwd zijt, ongelukkigen!' maar ze lachten me allebei in mijn gezicht uit en ik duwde Deevid van de steiger en hij viel en viel en viel, zeker vierhonderd meter diep en hij brak zijn nek, ik hoorde hem kraken, en ik nam Heidelinde in mijn armen en sloot mijn ogen om haar te kussen, en net voor mijn lippen de hare raakten opende ik mijn ogen en ik zag – o gruwel! – dat niet Heidelinde, maar Hofman in mijn armen lag, en hij tuitte zijn lippen, klaar voor mijn kus!!!

Badend in het zweet schrok ik wakker en deed voor de rest van de nacht geen oog meer dicht. Niet alleen had ik mijn beste vriend de dood in gejaagd, ik had de liefde van mijn leven bedrogen met mijn ergste vijand! Ik dronk minstens zestig glazen water, maar ik kreeg de vieze smaak niet uit mijn mond, het was alsof ik een koeienvlaai had gekust. Met tong, ja.

Drie repetities lang zei ik geen woord, bleef ik minstens 3 meter van Deevid en minstens 12 meter uit de buurt van Hofman, en moest wel 60 keer achter elkaar gaan plassen, tot ook Heidelinde mijn gedrag vreemd begon te vinden en kwam vragen wat er scheelde, waarop ik zei dat die neusdruppeltjes in mijn kop zaten, en dat ik nu waarschijnlijk gaten in mijn hersenen had.

'Kom eens hier, gekke jongen,' zei ze, en ze wilde me een kus op mijn wang geven, maar ineens zag ik weer de getuite lippen van Hofman naderen en gillend duwde ik haar van me af.

'Zeg, wat scheelt er?! Ben je gestoord?!' schreeuwde ze verontwaardigd.

'Sorry, sorry, ik kan het uitleggen, het is niet wat je denkt...'

Maar natuurlijk was dat net zo'n moment waarop er niets uit te leggen viel en ze liep kwaad weg, klom op haar balkon en riep 'Romeo, Romeo, waar zijt gij?' en Deevid begon op de stelling te klimmen en antwoordde: 'Ik kom, ik kom o engel der vreugde, o licht van de sterrenpracht!'

'Deevid, dat is je tekst niet!' schreeuwde Hofman.

'Natuurlijk is dat mijn tekst niet!' schreeuwde Deevid kwaad terug. 'Ik ken mijn tekst niet! Maar laat me nu alstublieft even rustig klimmen, want anders val ik en dan breek ik misschien mijn nek! En dan hebt u geen Romeo meer, en dat wilt u niet, toch? En als ik zonder ongelukken tot aan de rand van dat balkon ben gekomen zal ik een nieuwe poging doen om mijn tekst te onthouden, oké meneer?'

Hofman wilde iets zeggen maar hij zweeg.

'Klim maar, lieve Romeo! Vergeet je tekst en klim tot mij!' riep Heidelinde, terwijl ze zich vervaarlijk diep over de leuning van haar balkon boog.

Intussen keek ik met zwetende handen toe, zwevend tussen hoop en angst, en achter mijn rug hoorde ik tanden op elkaar knarsen. Ik durfde niet om te kijken, maar ik wist haast zeker dat het de tanden van Hofman waren. Ha ha, straks had hij geen tanden meer, alleen maar afgeschaafde stompjes!

Nu was Deevid boven aan de stelling, en Heidelinde pakte zijn gezicht in haar twee handen en ze zei: 'Welkom, dappere ridder! Welkom op mijn balkon!'

Maar toen klonk er ineens een schreeuw, zo scherp dat hij door merg en been ging. Hofman weer.

'Hoe is dat nu toch in godsnaam mogelijk???' schreeuwde hij. 'Niemand, maar dan ook niemand onthoudt hier zijn tekst! Hoe kan dat toch?? Moet ik het in jullie stomme schedels slaan? Of zal ik het in jullie hersens tatoeëren? Dat is toch niet zo moeilijk?'

'Ja,' echode David, 'dat is toch niet zo moeilijk?'

'Hou je kop, David!' riepen wij in koor.

'Eh, meneer...' klonk de stem van Heidelinde, van boven op haar balkon.

'Ja?' zei David.

'Ik had het niet tegen jou, jij stukje onderdeur!' snauwde Heidelinde.

'Ja, Heidi?' zei Hofman.

''t Is Heidelinde, meneer.'

'Ja, Heidelinde?'

'Wel, meneer, het is *wel* moeilijk.'

Een diepe stilte viel over het podium. Hofman keek haar aan alsof ze een insect was. Een lastig insect, geen nuttig insect.

'Wat is moeilijk?' vroeg hij.

'De tekst, meneer! Niemand krijgt die uit het hoofd

geleerd omdat die duizend keer moeilijker is dan onze eigen taal.'

'Maar dat ís onze eigen taal!'

'Nee meneer,' zei Heidelinde zachtjes. 'Dat is misschien uw taal, maar het is niet die van ons. En zo zal het nooit lukken.'

Hofman bleef even stil. Hij leek na te denken. Zou het lukken? Zou hij toegeven? Maar toen schudde hij koppig het hoofd.

'Het is de taal van Shakespeare, en tot nader order blijft Shakespeare de auteur van dit stuk, juffrouw Vermeylen!'

En hij keek uitdagend in het rond. En zijn stem klonk scherper dan ooit. Vers geslepen.

'En tot nu toe heb ik nog niemand ontmoet die beter is dan Shakespeare, ook geen dichter in de mist!'

Hij pauzeerde even, nam zijn bril af en begon de glazen te poetsen met een smetteloos witte zakdoek. Alex keek ademloos toe.

'Ik zweer het, Sig,' fluisterde hij, 'zo'n schone zakdoek heb ik nog nooit gezien!'

Toen sprak Hofman verder, op zijn typisch slechte toontje: 'Maar jullie kennen me, ik ben de goedheid zelve. En daarom zal ik jullie nog één kans geven. Morgen breng ik iets speciaals voor jullie mee. Iets nuttigs. En misschien zelfs een beetje leuk. En dat zal jullie vast en zeker helpen om de teksten beter te onthouden!'

Onzeker keken wij elkaar aan. Iets meebrengen? Dat voorspelde niks goeds. Wat kon Hofman nu meebrengen dat leuk én nuttig was?

Deevid stak zijn hand op.

'Ja, Bosmans?'

'Eh, meneer, wat gaat u dan meebrengen?'

'De kostuums, Bosmans. Morgen repeteren we in kostuum. En je zult zien...'

'Jippieee! Mooie jurken!' riep Sanne.

'Precies!' lachte Hofman zuinig, en alle meisjes klapten in de handen.

'En de jongens? Wat voor kostuums krijg de jongens?' vroeg Cédric.

'Wambuizen, leren riemen, gevederde mutsen, soepele puntschoenen en broekkousen,' zei Hofman.

'Wat is broekkousen?' vroeg Cédric.

'Of panty's, als je dat liever hoort.'

'*Quoi? Des collants???*'

Een kreet van afgrijzen golfde door onze mannelijke rangen.

'Panty's?' vroeg Kristof aarzelend.

'Paarse,' verduidelijkte Hofman. 'Dat was mode in die tijd.'

5 Effe proberen

'En? Hoe was de repetitie?' vroeg mijn moeder.

'Goed,' zei ik zonder nadenken.

Ze trok haar wenkbrauwen hoog op.

'O, dat is nieuw,' zei ze.

'Slecht, bedoel ik, slecht,' zei ik snel.

'Ja, ik dacht al,' zei ze, 'een pastoor en Julia, hoe kan dat nu goed gaan...'

Ja, draai het mes nog maar eens om in de wonde, mam! Bedankt hoor! Ik draaide met mijn ogen naar het plafond van ellende. Mijn eigen moeder! Maar ja... moeders blijven moeders natuurlijk, en ik dacht al aan iets anders... Iets veel dringenders eigenlijk...

'Mam?'

'Sorry jongen, ik bedoelde het niet zo...'

'Geeft niet mam...'

'O nee, echt niet?'

'Nee, maar wat ik je wou vragen...'

'Echt niet? Je bent niet boos of zo?'

'Boos? Eh..., nee hoor!'

'Echt niet hè?

'Nee, mam, echt niet!! Maar laat me nu eens uitspreken!!'

'Ja, oké oké. Vraag maar...'

Ik schrapte mijn keel.

'Mam, heb jij... eh...?'

'Ja...?'

'Ik bedoel... eh... heb jij ooit... enfin... ach...'

'Ja?' vroeg ze, met grote belangstelling.

'Ik zou willen... eh... maar jij hebt waarschijnlijk nooit... eh... ik bedoel... ik denk het niet... maar misschien wel... maar in elk geval... ik...'

Ze schudde het hoofd en fronste haar wenkbrauwen.

'Sigi, potverdikke, praat eens door, zoon! Zo heb ik je toch niet opgevoed!'

Opgevoed? Wat was dat nu weer? Wat had mijn opvoeding hier nu mee te maken?

'Eh...,' zei ik, waarop zij haar opvoedkundig gezicht opzette.

Ik kan dat niet goed beschrijven, haar opvoedkundig gezicht, maar als ze het opzet, dan lijkt ze soms een beetje op mevrouw God. Dan houdt ze ineens haar hoofd een beetje scheef, en ze fronst haar wenkbrauwen, maar niet boos weet je wel, eerder een beetje bezorgd en bekommerd, zie je 't een beetje voor je? En haar stem wordt ineens zacht en gevoelig, alsof ze een liedje van Carla Bruni wil zingen. En op deze wijze zei ze: 'Ja, ik bedoel, over meisjes en liefde en... seks en zo, daar kun je toch alles over vragen? Dat weet je toch? Daar zijn we toch heel open in, in ons gezin?'

Ik voelde mijn maag ter plekke in een knoop slaan, ik zuchtte diep, ik deed mijn mond open om iets te zeggen, maar deed hem meteen daarna weer dicht, en ik gaf het op. Nee, dit zou me niet lukken, nooit. Dit was te veel.

Want wat ik mijn moeder wilde vragen ging natuurlijk niet over seks en meisjes of over de 'bloemetjes en de bijtjes' (zoals mijn vader het noemde) of 'het mysterie

148

van het vrouwelijk lichaam' (zoals zij het noemde) of 'het geheim van waar komen de kleine kinderen vandaan' (zoals ze het allebei noemden), jezuschristus, ik was wel al 12^4/$_5$ weet je wel!! Ik wist echt wel wat een baarmoeder was!

Nee, wat ik haar wilde vragen was veel moeilijker en, zoals gezegd, ook veel dringender: ik wilde haar gewoon vragen OF ZIJ OOIT VAN HAAR LEVEN EEN PANTY GEDRAGEN HAD EN HOE DAT VOELDE! VOILÀ!

Geef toe: niet zo'n eenvoudige vraag, zeker niet voor een gezonde jongen van mijn leeftijd met een moeder zoals mijn moeder. Ik had mijn moeder nooit ofte nimmer een panty zien dragen moet je weten. Voor zover ik me kon herinneren droeg mijn moeder altijd van die lange gefrulde rokken (uit Peru of Guatemala of gewoon uit de Wereldwinkel) of jeans (die haar eigenlijk niet stonden), en al haar kleren weerspiegelden haar persoonlijkheid en haar vrouw-zijn, beweerde ze. Ik had me daar nooit echt veel van aangetrokken, maar nu leek het me ineens een heel boeiende vraag: zouden panty's een bijzondere weerspiegeling van haar vrouw-zijn kunnen zijn?

Maar deze vraag was nu wel uitgesloten, na haar opvoedkundige tussenkomst van daarnet. En nog veel uitgeslotener leek me de vraag: 'Eh, mam, heb je hier ergens een panty liggen, en mag ik die eens aantrekken, gewoon om te proberen hoe dat voelt?'

Uitgesloten, dat begrijp je.

Het was tijd voor plan B.

'Eh, niks, mam, niks... echt niks...' stamelde ik, terwijl ik snel deed alsof ik een geeuw onderdrukte, '...maar 't is al laat... ik ga nu slapen... Welterusten, mam...'

'Slapen? Nu? Maar het is half zes!' riep ze in opperste verbazing.

'Het was een zware dag,' geeuwde ik nogmaals, 'die repetitie was echt hel!'

'En je avondeten?'

'Echt, ik ben totaal uitgeput!'

En voor ze iets kon terugzeggen stommelde ik luid geeuwend de trap op.

Boven op de overloop keek ik over de trapleuning naar beneden. Ze bleef nog even verbluft in de sofa zitten. Toen schudde ze het hoofd en liep naar de keuken, waarschijnlijk om voor mijn debiele broertje Wieland een gezonde en voedzame maaltijd te bereiden, met een zo exact mogelijke dosering van koolhydraten en eiwitten en onverzadigde vetzuren.

Dit was mijn kans. Ik liep naar haar kamer, deed de deur geruisloos open en sloop naar de ladekast. Als er ergens iets te vinden zou zijn, dan was het daar. En ik begon gejaagd te zoeken, als een inspecteur uit *Flikken* of *Baantjer* of zo. In de derde lade had ik prijs. Een plat rechthoekig cellofaan pakje, met een donkerbruine inhoud. Houdbaar tot november 1998, las ik op de verpakking. Net wat ik dacht. Mijn moeder had er ooit gekocht, maar nooit gedragen. In 1998 was ze nog getrouwd met papa. Misschien waren ze daarom wel gescheiden, omdat mijn moeder geen panty's wilde dragen. Huwelijken springen soms af om de meest onnozele redenen. Dirks ouders zijn gescheiden omdat ze ruzie kregen over de kleur van de tafellakens op het feest voor hun tienjarig jubileum. En die van Kevin zijn uit elkaar omdat zijn moeder altijd van die kleine slurpgeluidjes maakte als ze spaghetti at. Pff, volwassenen! Meestal zijn ze nog kinderachtiger dan wij.* Ik frommelde het pakje onder mijn T-shirt en vluchtte naar mijn kamer.

Ik ging op mijn bed zitten, trok mijn jeans uit en haalde diep adem. Toen scheurde ik het pakje open en rolde de panty uit. Jakkes, man, wat een slappe, bruine slierten! Als worsten zonder vulling. Ik snoof er eens aan (bwèkes, muf!), kneep mijn ogen stijf dicht en stopte mijn hand erin, en dat was pas écht vies: alsof mijn hand in een mierennest terechtkwam, brr! En het ergste moest nog komen. Ik haalde diep adem en begon eraan.

Eén voet, dat ging nog, maar om dan die tweede te vinden! En toen de tweede erin zat, floepte de eerste er weer uit. En toen ze er ten slotte allebei in zaten, viel ik om, want dat ding zat zo strak om mijn kuiten dat ik op geen enkele manier mijn evenwicht kon bewaren.

'Is alles oké daarboven?' riep mijn moeder bezorgd.

'Ja hoor, perfect, ik slaap bijna!' riep ik terug, terwijl ik deed alsof ik keihard geeuwde.

Ik krabbelde overeind en viel prompt weer om.

Toen paste ik een nieuwe tactiek toe, en probeerde in liggende positie de twee slingerende slangen over mijn benen te wurmen. En echt waar, dat lukte!

Heel voorzichtig, centimeter na centimeter schoof ik ze op, langs mijn kuiten, over mijn knieën (moeilijk!), en langs mijn dijen en ten slotte over mijn... auw!

'Auw!' riep ik luidop.

'Gaat het, Sigi?' riep mijn moeder, een verdieping lager.

'Ja hoor, ja hoor!' piepte ik.

Met ingehouden adem luisterde ik, of ze niet naar bo-

*Zie de Eerste Wet van S. Vandebeek.

ven kwam. Maar niets bewoog.

Vervolgens kwam ik langzaam, langzaam, nog steeds met ingehouden adem, overeind.

Ademde toen heel behoedzaam uit.

En ging rechtop voor de spiegel staan.

En op dat moment kwam Wieland binnen.

6 Wieland, o Wieland!

Eerst leek het alsof hij in een steen veranderd was. Vervolgens begon zijn gezicht te bewegen alsof het van plasticine gemaakt was. Toen ging zijn mond open om heel hard te lachen of iets heel hard te roepen.

Maar ik was hem voor.

'Eén woord, één geluid, één gebaar en ik vertel aan al je vrienden dat je met een roze teletubbie slaapt!' siste ik.

Maar hij haalde zijn schouders op, dat stuk ongedierte.

'Pff, dat weten ze toch al!' zei hij.

'Ik vertel aan iedereen dat je nog op je duim zuigt!'

Hij dacht even na.

'Oké, doe maar,' zei hij. 'Dit is veel leuker om aan jouw vrienden te vertellen!' Hij wees grijnzend naar mijn kuiten. 'Oeh, jij hebt echt lelijke benen!'

'Je krijgt twee weken zakgeld van me!'

Hij kneep zijn ogen half dicht en probeerde me slim aan te kijken.

'Vier.'

'Twee.'

'Drie.'

'Tweeënhalf.'

'Drie.'

'Tweeënhalf'

'MAHAAM! SIGI HEEFT...!'

153

Als een tijgerin sprong ik naar hem toe en plofte mijn hand op zijn mond.

'Oké, drie!' zei ik. 'Maar je zwijgt als het graf, zweer je 't?'

'Mmm,' piepte hij.

'Ik haal mijn hand van je mond, maar als je één kik geeft dan wurg ik je met mijn panty, duidelijk?'

'Mmm,' knikte hij.

Ik liet los en hij hapte naar adem.

'Zeg,' hijgde hij, 'hoe...?'

'Eerst zweren!' zei ik streng.

Gehoorzaam stak hij twee vingers van zijn rechterhand omhoog en sprak.

'Ik, Wieland, zweer dat ik...'

'Met de juiste woorden!'

'Die zijn veel te moeilijk! Ik kan die nooit onthouden!' jammerde hij.

'Oké, ik zeg ze nog één keer voor. Zeg me na: "Ik, Wieland Vandebeek, ..." '

' "Ik, Wieland Vandebeek, ..." '

' "Minderwaardige telg uit een roemrijk geslacht..." '

' "Minderwaardige telg uit een roemrijk geslacht..." '

' "...en niet in het bezit van al mijn geestelijke vermogens..." '

' "...en niet in het bezit van..." Ik kan dat nooit onthouden, Sigi, dat is veel te moeilijk! En wat betekent dat eigenlijk van die vermogens?'

'Hou je kop, Wieland! Uitleg komt later! Nu gewoon nazeggen, anders kun je fluiten naar dat geld!'

'Oké, dan,' zuchtte hij. ' "...geestelijke vermogens..." '

' "Zweer hierbij de dure eed..." '

' "Zweer hierbij de zure eed..." '

'Duur, verdomme, duur! Hij is duur, die eed, niet zuur!'

'O ja, duur. Duur. Niet zuur.'

'Wel zeg dat dan, idioot!'

'"Wel, zeg dat dan, idioot!"'

'Maar nee!'

'"Maar nee!"'

Ik ontplofte haast, en hij zag het.

'Oké, oké, ik zeg je na, ik zeg je na!' zei hij snel.

'"Dat ik niet zal verraden dat mijn broer Sigiswald..."'

'"...zal verraden dat mijn broer Sigiswald..."'

'"...vreemde kleren draagt in de slaapkamer."'

'"...vreemde kleren draagt in de slaapkamer."'

'En nu moet je op de tip van je schoen spugen.'

'"En nu moet je..."'

'Niet zeggen, Wieland, dóen! Je moet het dóen!'

'Oh, oké.'

Hij schraapte al het spuug dat hij kon vinden uit zijn keel, tuitte zijn lippen en spuugde een grote rochel op mijn voet.

'Gadverdamme, man!' riep ik vol walging.

'Sorry,' zei hij. 'Ik kan nog niet zo goed mikken.'

''t Is al goed, 't is al goed,' zei ik, en ik probeerde met mijn ene voet het spuug van mijn andere voet te vegen, wat niet meeviel, zo op één been. En dat spuug voelde vreselijk klef, door die panty heen.

'Zeg,' zei Wieland, terwijl hij belangstellend toekeek, 'hoe voelt dat nu eigenlijk?'

'Strak,' zei ik, 'en hou nu je mond maar.'

'Dat bedoel ik niet,' zei hij. 'Ik bedoelde: hoe voelt dat aan je... dinges?'

Ik kuchte eens.

'Niet,' zei ik. 'Dat voelt niet. Ik bedoel: ik voel ze niet meer.'

'Je staafje of je eitjes?'

Staafje en eitjes! Djiezes! Wie zegt nu zoiets! Staafje en eitjes!

'Niks!' zei ik. 'Niks, Wieland! Ik voel daar niks meer! Ik ben daar to-taal gevoelloos!'

'Cool,' zei hij vol ontzag. 'Dat moet nogal wat zijn voor al die vrouwen die dagelijks zulke spullen dragen!'

'Idioot! Vrouwen hebben daar toch niets!'

'Jawel!' riep hij. 'Een baarmoeder!'

'Wat?'

'Een baarmoeder!' herhaalde hij stomweg. 'Hé, jij denkt zeker dat ik niks weet! Ik ben wel al doorgelicht, hè!'

'*Voor*gelicht, dombo! *Voor*gelicht! Niet *door*gelicht!'

'Welja, dat bedoel ik toch!'

'O ja? En wat hebben ze je daar verteld, op die voorlichting?'

'Nou, dat een man een piemel heeft en een vrouw een baarmoeder!'

'En volgens jou hangt die baarmoeder daar ergens tussen haar benen te wapperen?'

'Ja, waar anders? Die piemel hangt toch ook tussen onze benen?'

Ik keek hem aan en weer eens viel mijn mond open van verbazing. De domheid van mijn broertje kende echt geen grenzen. Was hij nu echt een uniek geval, moest ik mijn moeder waarschuwen, moest ik een dokter bellen of waren alle 10¼ jarigen zo?

'En die piemel zit vol zaad en die baarmoeder vol eieren!' voegde hij er met een knikje aan toe.

Vertwijfeld keek ik naar het plafond, en ik was net van plan om hem met geweld uit mijn kamer te verwijderen, toen mijn moeder binnenkwam. Ze bleef staan met de deurknop in haar handen en ze zag eruit alsof ze zo meteen in steen zou veranderen. Of in heel hard plastic.

'Zeg mam, waar hangt jouw baarmoeder precies?' vroeg Wieland.

7 Moeder, o moeder!

In één oogopslag had mijn moeder de situatie door. Ze vertrok geen spier van haar gezicht, maar ze greep met-een in.

'Wieland, naar bed!' zei ze.

'Maar het is pas kwart voor zeven!' protesteerde dat kruipdier.

'Naar bed!'

'En hoe zit dat dan met jouw baarmoe...'

'Naar bed, of je krijgt drie weken geen zakgeld!'

Blazend als een boze poes liep Wieland de kamer uit.

'En doe de deur achter je dicht!'

Knal. Nooit was ik mijn moeder dankbaarder geweest dan op dat moment, maar ik durfde haar niet aan te kijken. Toen ging ze op de rand van mijn bed zitten en haalde diep adem.

'Oké, nu jij en ik.'

'Alsjeblieft mam, het is niet wat je denkt...'

'Ach, Sigi!' deed ze geërgerd. 'Wat denk je wel dat ik denk?'

'Ik denk misschien wel dat ik weet wat jij denkt, maar ik ben daar helemaal niet zeker van!' zei ik gespannen.

'Ach, Sigi!' zei ze nog eens. 'Ik ben je moeder!'

'Daarom juist!' piepte ik.

Ze wreef met haar wijsvinger onder haar neus, zette haar leesbril af en hield die tegen het licht.

'Ik denk,' zei ze, 'dat jij een paar problemen hebt.

Eentje met toneel, eentje met Deevid en eentje met Heidelinde. Klopt dat?'

'Hmpf,' zei ik, terwijl ik mijn schouders ophaalde.

'Ja, dus.'

'Hmpf,' zei ik nog eens.

'Over Heidelinde hebben we 't al gehad. Zullen we 't nu eens over dat toneel hebben?'

'Hmpf.'

Ze lachte binnensmonds, iets waar ik écht niet tegen kan.

'Nu weet ik wel wat *jij* denkt,' zei ze glimlachend.

'O ja? Wat denk ik dan?'

'Jij denkt dat ik daar toch geen spat van weet, en zelfs als ik er iets van wist, dan zou ik je toch niet kunnen helpen, want die Hofman wijkt geen duimbreed af van zijn standpunt want hij is zo koppig als een kruising tussen Hitler, Stalin, Mugabe, George Bush en Osama Bin Laden.'

Verrast keek ik op.

'Hoe weet jij dat?'

Glimlachend haalde ze haar schouders op.

'Ik weet dat niet, ik denk dat.'

'Ja, en nu?'

Ze wees op mijn benen.

'Wil je dit of wil je dit niet?'

'Ja, wat denk je?'

'Hou mij tegen als ik een stommiteit zeg, maar toneel met panty's is meestal ouderwets toneel, klopt?'

'Klopt,' zei ik.

'En ouderwets toneel houdt in dat je ook de oude tekst uit het hoofd moet leren, klopt?'

'Klopt,' zei ik, hevig knikkend.

Ze dacht even na.

'Ik heb ooit eens een reportage op tv gezien,' zei ze, 'en die ging over oud toneel, en de oude teksten en zo, en volgens die reportage was Shakespeare eigenlijk een soort van Robbie Williams of Justin Timberlake of zo, want in zijn tijd kwamen alle vrouwen en meisjes naar het toneel zoals ze nu naar een rockconcert komen, en ze gilden en ze joelden en ze gooiden bloemen en sjaals op het toneel en ook kousen...'

Ik onderbrak haar: 'Dus je bedoelt... dat wij... als wij nu een stuk van Shakespeare spelen, dat wij dan ook kunnen...'

'Precies!' zei ze. 'Maak er een rockconcert van! Een live show!'

'Wauw, leuk!' zei ik, met het enthousiasme van een jonge zeehond die een Canadees met een knuppel ziet naderen.

'Wat?'

'Hofman natuurlijk...' zei ik hoofdschuddend, 'Hofman zal nooit willen...'

'Nee, natuurlijk,' zei ze. 'Natuurlijk zal Hofman nooit naar jullie luisteren. Jullie zijn maar leerlingen. Maar jullie zijn toch niet alleen op school...?'

'Wat bedoel je?'

'Nou, jullie hebben toch een grote Shakespearekenner op school? Die leraar die jullie het verhaal van Romeo en Julia verteld heeft, en die dat zo geweldig deed...? Hoe heet hij ook alweer? De Bommelding...?'

'Natuurlijk! De Vandrommeling!'

'Die bedoel ik,' zei mijn moeder. 'Ga eens met hem praten. Je weet maar nooit!'

'Denk je?'

'Denk ik.'

'Oké.'

'Oké?'

'Dat zei ik toch net!'

'O. Oké dan.'

'Ja.'

'Dus je gaat morgen met de Vandrommeling...'

'Jahaa!'

'Hoe heet die trouwens echt, die Vandrommeling?'

'Vandromme. Hij heet Vandromme. Nog iets?'

'Oké oké, ik zeg al niks meer, maar je zou misschien wat dankbaar kunnen z...'

'Dankjewel, mam! Ik ben je heel dankbaar...'

'Aha.'

'...maar wil je nu alsjeblieft weggaan?'

'O. Ben ik soms te veel hier?'

'Nee, dat is het niet, maar die dingen beginnen hier geweldig te jeuken en ik zou...'

Ze begon weer binnensmonds te lachen.

'Wat?' blafte ik.

'Niks,' gniffelde ze.

'WAT??!'

'Nee, echt niks... Alleen... wist je dat je best mooie benen hebt, voor een jongen van jouw leeftijd?'

8 Gered!

'Vertel het eens,' zei Vandromme, en hij ging op de rand van zijn bureau zitten. Wij stonden in een halve cirkel om hem heen, keken elkaar eens aan en begonnen toen allemaal tegelijk te vertellen.

'Wel meneer kijk het zit zo we zitten dus in dat school-toneel en we spelen *Romeo en Julia* en dat is een prachtig stuk daar zijn we 't allemaal over eens en u hebt dat zo mooi verteld maar meneer Hofman wil dat we panty's dragen en dat willen wij dus totaal niet en mijn moeder zegt dat toneel met panty's hetzelfde is als ouderwets toneel en dus moeten we ook hele ouderwetse teksten leren en dat lukt dus totaal niet want volgens ons is dat onze taal niet maar volgens meneer Hofman is dat wél onze taal en volgens meneer Hofman is er niemand die het beter kan zeggen dan Shakespeare zelfs niet de Dichters in de Mist want volgens hem zijn dat geen echte dichters maar volgens ons wel want we hebben al heel mooie gedichten geschreven bijvoorbeeld Bart over mayonaise en Johnny Emo over dikke zolen en Sigi over de mist en nu wil meneer Hofman dat we allemaal paarse panty's dragen want dat was toen mode in 1500 of 1600 of zo en meneer Hofman denkt dat die panty's zullen helpen om beter te spelen maar die panty's helpen écht geen spat meneer we krijgen er enkel jeuk van alstublieft kunt u ons helpen meneer alstublieft?'

Toen was het ineens stil omdat we buiten adem waren

en ook omdat we niks meer te zeggen hadden en Vandromme keek een tijdje peinzend voor zich uit. Wij beten gespannen op onze lippen, en toen sprak onze leraar één woord:

'Hoe?' zei hij.

'Wat, hoe?'

'Wat, hoe, wie?'

'Wat, hoe, *meneer*?'

'Wel: *hoe* kan ik jullie helpen?'

We keken elkaar weer aan en wilden weer allemaal tegelijk beginnen vertellen, maar hij hield ons tegen.

'Niet allemaal tegelijk alsjeblieft! Deevid. Jij mag het zeggen.'

'Kunt u niet eens met meneer Hofman gaan praten, meneer, want die tekst, daar versta ik echt geen schijt van!'

'En moet ik dat zo aan meneer Hofman zeggen?'

'Nee, natuurlijk niet, maar...'

'Wat moet ik hem dan wel zeggen?'

Kristof stak zijn hand op.

'Ja, Kristof?'

'Geen panty meer alstublieft, want dat ding knelt echt zo, mijn... eh... dinges worden er paars van!'

'Moet ik dat zo aan meneer Hofman zeggen?'

'Eh... nee, natuurlijk niet, maar...'

'Ja, wat moet ik dan wel aan meneer Hofman zeggen?'

Ik stak mijn hand op.

'Wij willen *Romeo en Julia* herschrijven,' zei ik.

Vandromme floot bewonderend tussen zijn tanden.

'Toe maar,' zei hij. 'En hoe gaan jullie dat doen?'

'Zoals u het verteld heeft, meneer! Dat was zo mooi!'

'Dankjewel voor 't compliment, Sigi. Maar wat bedoel je daarmee?'

'Met gewone woorden! Zodat iedereen het kan verstaan!' riep Heidelinde.

'Ja! Zonder die kutteksten!' riep Deevid.

'En zonder die panty's, want die jeuken zo hard, ik krab me een ongeluk aan m'n... nou ja... dáár dus!' riep Kristof.

'En met Janssens en Peeters in plaats van die idioot moeilijke namen!' riep ik. Maar iedereen keek me zo raar aan, dat ik snel 'Oké, nee, laat maar...' mompelde.

'Weet je wat?' zei Vandromme. 'Waarom gaan we 't hem niet allemaal samen vertellen? Dan weet iedereen meteen wat we kunnen doen.'

En dat deden we.

Zoals verwacht wilde Hofman er eerst niks over horen.

'Toneel is toneel en Shakespeare is Shakespeare', zei hij.

'Ja maar meneer...'

'Niks ja maar, liever geen toneel dan toneel zonder Shakespeare!'

'Tja,' zei Vandromme, 'dan zou het best wel eens geen toneel kunnen worden.'

'Hoe bedoel je, collega?'

'Nou, als niemand van de acteurs zijn tekst kent, dan is er geen toneel...'

'Ze moeten maar harder leren,' zei Hofman nijdig.

'Ja maar meneer, we leren al zo hard,' zei Deevid.

'Bosmans, jij leert alleen maar de dag voor het examen, dat weet iedereen!' beet Hofman hem toe.

'Ik leer wél heel veel, maar ik heb geen tekst,' zei David.

'Deevid, hou je kop,' zei Hofman.

''t Is David, meneer,' zei David.

'Hij had het niet tegen jou, slijmbal!' zei Gert.

'En ik heb dexylies,' zei Lilith. 'Ik kan heel moeilijk teksten leren.'

''t Is dyslexie, niet dexylies,' zei Vandromme.

'Zie je wel dat ik het heb!' zei Lilith.

'Sinds wanneer heb jij dat?' vroeg Sanne aan Lilith.

'Sinds altijd al, maar ik kon dat goed verstoppen,' zei Lilith.

'En de panty's?' vroeg Kristof.

'Ik wil een ander zwaard!' riep Cédric.

De oogjes van Hofman gingen gejaagd heen en weer, hij begon te zweten en het was duidelijk dat hij de zaak niet meer onder controle had, en Vandromme greep in.

'Ik geloof dat het beter is dat ik even alleen met meneer Hofman overleg.'

Ja, dat vonden wij allemaal goed, en met een brede glimlach, maar voorbeeldig zwijgend gingen we in een wijde kring rond onze twee leraren staan.

'Ik bedoel: alleen!' zei Vandromme.

'O, u bedoelt...?'

'Eruit, allemaal!'

We maakten dat we wegkwamen, maar we bleven wel aan de deur luisteren natuurlijk, tot die met een ruk openzwaaide.

'En niet aan de deur luisteren, alstublieft!'

'Oké, oké, meneer, sorry meneer...'

Toen liepen we het hoekje om en gingen aan het raam luisteren.

Maar Vandromme had ons weer gezien en hij joeg ons weg en zo werd het toch nog een spannend halfuur. Toen kwamen Hofman en Vandromme samen naar buiten, als twee onderhandelaars na een vredesoverleg en Vandromme was de woordvoerder.

'Luister goed,' zei hij, 'dit is ons besluit. Meneer Hofman is het ermee eens dat de tekst van *Romeo en Julia* herschreven wordt door de Dichters in de Mist, op voorwaarde dat het in keurig Nederlands is en dat er geen vloeken in voorkomen, of in elk geval niet te veel. En hij eist wel de supervisie over het eindresultaat...'

'Wat bedoelt u met supervisie?' vroeg Sanne.

'Wat is een eindresultaat?' vroeg Sylvie, maar Vandromme was onverstoorbaar. Hij vervolgde:

'Meneer Hofman is ook bereid om de kostuums opnieuw te bespreken.'

'Ook de panty's?' vroeg Kristof.

'Vooral de panty's,' zei Vandromme.

'Yes!' zei Kristof. 'Leve mijn... eh... dinges!'

Iedereen applaudisseerde, vooral de jongens.

'...Er zijn wel een paar voorwaarden,' vervolgde Vandromme. 'Ten eerste: de nieuwe tekst moet klaar zijn eind volgende week, en de week daarna wordt de repetitietijd verdubbeld, om de verloren tijd in te halen. En iedereen die dan zijn tekst niet kent, vliegt eruit.'

'Of ik prik die dood met mijn nieuwe zwaard!' zei Cédric.

'En Cédric krijgt een nieuw zwaard!' zei Hofman.

'Akkoord!' riepen we allemaal.

'En ten tweede: er komt een nieuwe assistent-regisseur, namelijk ikzelf.'

Gejuich alom, maar David zei: 'En ik dan?'

'Jij krijgt een dubbele titel,' zei Hofman, 'jij wordt assistent-assistent-regisseur.'

'Jippie,' piepte David.

'Slijmbal,' snoof Alex.

9 Woorden, woorden, woorden! (2)

Er braken drukke tijden aan voor de Dichters in de Mist. Elke middagpauze en na schooltijd kwamen we samen in onze kelder om te schrijven, met alle acteurs en onze assistent-regisseur. Ons systeem was heel eenvoudig: we gaven elke acteur zijn tekst en we vroegen: hoe zou jij dat nu in je eigen woorden zeggen, maar dan zonder al te veel schijt en kak en shit, en die woorden schreven we dan op. Daarna verdeelden we de teksten onder elkaar (Gert, Bart, Johnny, Yentl en Adri) en 's avonds herschreven we alles nog eens, zodat alle zinnen mooi in de mond van de spelers pasten, en de volgende dag probeerden we dat dan uit op de mond van de spelers. Vandromme keek alles na om te zien of er geen taalfouten in stonden, en later keek Hofman het ook nog eens na om te zien of er niet teveel shit of schijt of kak in stond.

Saai, zeg je? Welnee man! Het was geweldig! Zelfs Gert was opgewonden, want eindelijk zouden de teksten van de Dichters in de Mist voor een groot publiek gespeeld worden.

'Vind je 't niet erg dat het niet onze eigen teksten zijn, Gert?' vroeg ik hem eens.

'Welnee,' zei hij, 'Shakespeare is ook niet slecht, weet je.'

Alex was heel gelukkig dat hij nu gewoon tegen Tybalt kon zeggen:

'Je bent zo stom dat het wel lijkt of er snot in je kop zit in plaats van hersenen!'

En Kristof was heel blij dat hij kon antwoorden:

'Jij stinkende Mercutio, je tong is zo slap als een snottebel en je zwaard is zo slap als je tong!'

En Lilith was blij dat ze gewoon kon zeggen:

'Julia! Gedraag je een beetje! Toen ik zo oud was als jij was ik allang getrouwd!'

En Gert schreef voor zichzelf een prachtige tekst:

'O Montacchi's! O Capuletti's! Deze stad kotst van jullie geweld! Zal er dan nooit een dag voorbijgaan zonder het geflikker van jullie messen? Schurken zijn jullie! Erger dan de hooligans van Club Brugge en Feyenoord samen! Hou op met ruziemaken of ik zuig eigenhandig de darmen uit jullie dwaze lijven!'

En Heidelinde, ach mijn Heidelinde... Voor haar hoogstpersoonlijk schreef ik mijn mooiste tekst:

'Ach Romeo, ben jij het, Romeo? Wat doe jij hier, hoe kom jij hier? Ga weg, vlucht snel! Bedenk toch wie je bent! Als mijn vader je hier vindt, vermoordt hij je!'

En ook:

'Jij bent niet mijn vijand, maar alleen je naam is mijn vijand. Wat is een naam? Een roos zou even mooi zijn met een andere naam...' *

En Deevid...

Ach Deevid...

Deevid was de gelukkigste van allemaal.

Want in plaats van *'Maar stil, welk licht breekt door dat*

---

* Mijn eerste versie was: 'Een roos zou even mooi zijn, ook als ze stinkzwam heette', maar die werd afgekeurd door Vandromme en door Heidelinde.

venster ginds? Het is het oosten en Julia is de zon. Kom zon-
nestraal, dood de jaloerse maan, al bleek en ziek van afgunst
omdat jij, haar meisje, zoveel mooier bent dan zij...' kon hij
nu gewoon zeggen:

'Julia. O Julia! Wat ben je mooi! De zon is jaloers op je
schoonheid!'

En:

'Ik ben niet bang voor jouw vader! Hij mag alle honden
met de scherpste tanden van de wereld op mij loslaten, ik ben
niet bang. Want alleen jij kunt me verscheuren, alleen door
jou laat ik me verslinden, mijn Julia, mijn lief!'

Geef toe: niet slecht hè, wat ik voor Deevid had geschreven? Hij was in de wolken.

'Wauw, Sig, en ik begrijp elk woord van wat ik zeg,'
zei hij. 'Dat is lang geleden!'

En dat hij zo dankbaar was, zei hij, en dat ik echt zijn
beste vriend was enzovoort enzovoort! En ik, ik kon hem
écht geen ongelijk geven!

En, schijt, kak, shit en pis: hij had zelfs overschot van
gelijk, mijn beste vriend! Een betere vriend had hij zich
niet kunnen dromen! Zó'n goede vriend was ik dat ik
eigenhandig de dolk smeedde waarmee hij uiteindelijk
mijn hart zou doorboren!* Want dag na dag zag ik hem
scoren bij mijn Heidelinde, de liefde van mijn leven, zij
boven op haar balkon, hij diep onder haar. Maar elke
dag klom hij een stukje hoger langs de klimop, dichter
bij haar, en zij liet hem komen. En dat allemaal dankzij mijn woorden, de woorden die ík voor zijn mond had
geschreven.

---

* Geef toe: coole zin, hè? Die verdomde Shakespeare werkte echt
inspirerend voor mij!

'Ik zweer het, Sig, zonder jouw woorden zou het me nooit gelukt zijn!' zei hij op een dag, en au, au, au, dat deed deugd en dat deed pijn! Het waren woorden van dank van mijn beste vriend, maar het was ook een dodelijke prik van mijn eigen dolk, recht in mijn hart! En er zouden er nog vele volgen...

En Heidelinde?

HEIDELINDE JULIA...?

Jawel, Heidelinde knipoogde soms nog naar mij over haar schouder, en af en toe wierp ze me nog eens een kushandje toe tijdens een repetitie... En jawel, na de repetitie gingen we nog wel eens samen op het muurtje bij de schoolpoort zitten, of we gingen een ijsje kopen in het stadspark, zij pistache en banaan en ik mokka en vanille, en ik mocht een keer van haar ijsje likken en zij van het mijne. Maar ik zag wat ik zag, en wat ik zag was niet plezant, maar het was wat het was, een blinde had het kunnen zien. Ik was haar lief sinds 14 dagen, 7 uur en 45 minuten, maar hoogstwaarschijnlijk zou ik de 20 dagen niet halen, want Deevid won terrein, ik zag het wel aan de klimop, ik zag het aan het balkon, ik zag het in haar ogen en ik hoorde het in zijn woorden, die in feite mijn woorden waren. En ik was er zeker van dat op de dag van de voorstelling Romeo het definitief zou halen.

Een blinde kon het zien.

Deel 5

Romeo op de planken

1 Een kier

Er zit een kier in het gordijn en door die kier gluur je de zaal in.

Wat je ziet is beangstigend.

Eerst is de zaal leeg en je denkt: o nee, er zal niemand komen. En je voelt jezelf heel zielig. Want niets is zo zielig als een speler voor een lege zaal: zoveel talent en niemand die het ziet!

Dan loopt de zaal een heel klein beetje vol en je ziet een paar mensen die je kent – die je maar al te goed kent! – en je denkt: O nee, mijn moeder zit daar al, en mijn debiele broertje, en het duurt nog bijna een uur voor het begint! Zo meteen gaat je moeder opscheppen tegen iedereen die binnenkomt: 'Weet u, mijn zoon speelt mee!', op zo'n typische trotse moedertoon, en je kleine broertje zal kwaken: 'Ja, mijn grote broer speelt mee!', iets wat hij anders nooit zegt. En je voelt je op voorhand al totaal belachelijk, het is alsof ze het met opzet doen, alsof ze speciaal naar de voorstelling komen om jou belachelijk te maken!

Dan stroomt de zaal wat voller, en je ziet klasgenootjes met hun ouders, en je ziet hier en daar een leraar en een lerares, en je ziet de vrouwen van die leraren, en je ziet die voor het eerst en je denkt: bah, wat een lelijk wijf, of wat een lekker stuk, dat had ik nooit gedacht van die Donderwolk of die Roelands... En natuurlijk slaat je maag zowat dubbel tegen je ruggengraat, want al die mensen gaan jou zo meteen zó hard zien afgaan, maar echt zó hard, en overmorgen zit je weer bij hen in de les, en je darmen stulpen zichzelf binnenstebuiten en je rent naar de wc.

Als je terugkomt van de wc neem je je heel hard voor om niet meer door die kier te gaan gluren, maar je doet het toch, want het is sterker dan jezelf, die kier trekt je aan als een magneet, en tot je grote ontzetting is de zaal nu bijna helemaal volgelopen, en je denkt: o help, wat bezielt al die mensen om naar mij te komen kijken? Waarom gaan ze niet gezellig op restaurant, of is er nu echt niks leuks op tv vanavond? Ik ga zó hard falen, ik ga mijn tekst vergeten, ik ga struikelen over mijn lange mantel, ik ga mijn pruik verliezen, hoewel dat laatste niet kan want je draagt geen pruik, en ook geen panty, oef, dat scheelt als je dringend naar de wc moet, en o jee, daar is het weer, onweer in je ingewanden, en je rent terug naar de wc, waar nu een hele file staat. Gert en Bart en Johnny en Adri en Lilith en Yentl en Sanne, allemaal staan ze voor de wc te dringen en op de deur te timmeren en 'schiet op, schiet op!' te roepen, en achter het deurtje klinkt de gesmoorde stem van Kristof: 'Ik doe wat ik kan, verdomme!'

Je werpt een blik om je heen en je knijpt in je arm. Nee, dit is geen nachtmerrie, dit is wel degelijk de backstage van het roemruchte schooltoneel, o ja! En vanavond spelen ze *Romeo en Julia*, o ja! Tussen inderhaast opzijgeschoven turntoestellen staat een bonte menigte te trippelen, te trappelen, te giechelen, te hinniken, te tateren, te tetteren, te repeteren, te prevelen, te mompelen, te zweten. De kostuums zijn prachtig – leren jassen, gescheurde jeans, neptatoeages, groene en rode kapsels, hanenkammen, zilveren laarzen, zijden vleugeltjes en gouden zwaarden – maar de okselvijvers zijn niet te tellen. Dit wordt een eigentijdse Shakespeare, reken maar! Modern! Met coole kostuums! En met onze eigen woorden! En ons eigen zweet!

En dan komt je beste vriend naast je staan – herstel: je *bijna ex-beste vriend*. Zijn naam is Deevid en hij klopt op je rug. 'Ha Sig, alles kits achter de rits?' buldert hij. De smeerlap blaakt van zelfvertrouwen. 'Ik zweer het, Sig, ik heb me nog nooit zo goed gevoeld! Ik ken mijn tekst op mijn duimpje, ik voel me alsof ik helemaal in de huid van die Romeo gekropen ben – wat zeg ik: ik bén Romeo! En dat allemaal dankzij jou! Geweldige tekst heb je voor me geschreven, jongen! Ik kan je niet genoeg bedanken!'

Bedanken, ha! Je haalt moedeloos je schouders op. Je weet al waarmee hij je zal bedanken! Zo meteen gaat hij aan de haal met je vriendin – herstel: je *bijna ex-vriendin*! Sinds 19 dagen, 13 uur en 45 minuten is ze je vriendin geweest, het waren mooie dagen, uren en minuten, maar aan alles komt een eind. Jij wordt dan de ex-vriend van je bijna ex-vriendin en logischerwijze wordt hij dan de vriend van je ex-vriendin en tegelijkertijd ook jouw ex-beste vriend.

Zo. Dat was het dan. Dat is het leven.

Je loopt nog eens naar de kier in het gordijn, en de zaal zit nu afgeladen vol. Het geroezemoes is oorverdovend. Vijfhonderd man zit daar, minstens! Hoe meer zielen hoe meer vreugd, ha ha. Binnen een halfuur zullen duizend ogen zien hoe jij stotterend en stamelend ten onder gaat terwijl je ex-beste vriend op stralende wijze je ex-vriendin zal veroveren, met behulp van jouw eigen woorden! En ze zullen luid applaudisseren. Succes ver-zekerd.

Dan krijg je weer een dreun op je schouder, nu is hij zeker gebroken. Of toch minstens gebarsten. Zoals je hart. Het is weer je bijna ex-beste vriend.

'Hé, Sig? Gaat het? Je ziet zo bleek. Toch geen plan-kenkoorts, hè?'

Moedeloos kijk je hem aan, je wilt wat zeggen maar je zegt het niet, dan wil je het toch zeggen, maar opeens weerklinkt een messcherpe stem.

Het is Hofman. Hij staat boven aan het houten trapje dat naar het podium leidt en hij overschouwt zijn troe-pen.

'Is iedereen er?'

Iedereen die niet op de wc zit knikt.

'Even overlopen, voor alle zekerheid. De prins?'

'Ja!' zegt Gert.

'Paris?'

'Aanwezig!' roept Bart.

'Montacchi?'

'Yep,' zegt Johnny Emo.

'Capuletti?'

'*That's me*,' zegt Adri.

'Tybalt?'

'Hier,' klinkt de gesmoorde stem van Kristof van op de wc.

'Schiet op, Kristof!' roept Sanne, met haar knieën te-gen elkaar geklemd.

'Romeo?'

'Present!' balkt Deevid, en zijn stem snijdt dwars door mijn ziel.

'Julia?'

Stilte.

'Julia? Heidelinde?'

Stilte.

'Heeft iemand van jullie haar gezien?'

Nog meer stilte.

Ineens horen we een geluid van stromend water en een deur die openzwaait.

'Ha!' zucht Kristof.

'Yes!' roept Sanne.

'Heb jij haar gezien, Sanne?' vraagt Hofman.

'Nee, maar de wc is eindelijk vrij,' antwoordt Sanne, en ze verdwijnt als de bliksem naar binnen.

2 Julia, o Julia!

'Komaan mensen, denk eens na! Wie heeft haar het laatst gezien? Waar kan ze zijn?'

Eerst valt er een lange stilte, dan vliegen er ineens allerlei zinnen door de ruimte, en ze beginnen allemaal met 'misschien'.

'Misschien heeft ze haar bus gemist!'

'Misschien heeft ze griep!'

'Misschien heeft ze de mazelen!'

'Misschien mag ze niet komen van haar moeder!'

'Misschien heeft ze een lekke band!'

'Misschien heeft ze huisarrest!'

'Misschien heeft ze plankenkoorts!'

'Misschien is ze verdwaald!'

'Misschien...'

Dan weer de scherpe stem van Hofman.

'Hallo, mensen, zo schieten we niet op! Is er echt niemand die weet waar ze zou kunnen zijn?'

Het wordt weer stil, er wordt diep nagedacht. Dan zegt Sanne:

'In de Koloniënstraat misschien?'

'Waarom daar? Woont ze daar?'

'Nee, maar 't is een mooie straat! Met veel winkeltjes!'

'O, gaat ze graag shoppen?'

'Weet ik niet. Waarom?'

'Omdat daar veel winkeltjes zijn.'

'Ah ja.'

'Misschien is ze in het stadspark?'

'Waarom? Zijn daar ook veel winkeltjes?'

'Nee, maar 't is daar wel romantisch.'

'O. Is Heidelinde romantisch?'

Ineens draait iedereen zich naar mij.

'Wat?' vraag ik blozend.

'Is Heidelinde romantisch?'

'Ja, hoe moet ik dat nu weten?'

'Hey, jij bent wel haar vriendje, Sigi!'

'Al bijna drie weken!'

'19 dagen, 13 uur en 46 minuten, om precies te zijn!' mompel ik, terwijl de tranen in mijn ogen schieten.

'Ach, hoe romantisch!' zucht Sanne.

'Wel, Vandebeek?' vraagt Hofman scherp.

'Ik weet niet waar ze is, meneer, echt niet!'

'Wanneer heb je haar voor het laatst gezien?'

'Gisteravond, na de repetitie. We zijn toen nog een ijsje gaan eten in het park.'

'Ach, hoe romantisch!' zucht Sanne.

'En daarna?' vraagt Vandromme.

'Tja, toen ben ik naar huis gegaan, en zij ook.'

'Weet je dat zeker?'

'Ja.'

'Echt zeker?'

'Ja!'

'Jij naar jouw huis en zij naar haar huis?'

'Ja!'

Zeg, wat denken die leraren wel, dat we samenwonen of zo?

'Misschien kunnen we haar eens bellen?'

'Dat is een goed plan! Sigi, bel jij eens?'

Ai. Ik had het kunnen weten. Maar ik wil haar niet

bellen, nu niet. Maar hoe kan ik hen uitleggen dat ik haar niet wil bellen omdat ze op dit moment waarschijnlijk mijn bijna ex-vriendin is die plannen maakt om met mijn ex-beste vriend iets te beginnen en zo?

'Mijn batterij is leeg,' lieg ik.

'Ik doe het wel!' roept Johnny Emo.

Hij tikt een nummer in, houdt zijn telefoon tegen zijn oor, luistert en schudt dan het hoofd. 'Voicemail.'

'Shit! Wat nu?'

'Kent iemand het nummer van bij haar thuis?'

Nee, dat kennen we niet. (Nee, ik ook niet, echt niet!) En de twee leerkrachten hebben wel een adressenlijst, maar die ligt thuis. Typisch.

'Ik weet het!' roept Gert ineens uit.

'Watwatwat?' roept iedereen.

'We moeten op het internet gaan kijken!'

'Op welk internet?'

'Op Facebook! Daar zit ze op, zeker weten!'

En weer begint iedereen door elkaar te roepen, het is vermoeiend, ik weet het, maar daar is niets aan te doen, wij acteurs zijn nu eenmaal mensen van het woord.

'Ja, dat is een idee! Facebook! Waar is hier een computer? Een laptop! Hebben we hier internet? Is hier draadloos? Maar nee, onnozelaar, we zijn hier op een school, weet je wel, hier hebben we niets! Ook geen draadloos? Maar nee, geen draadloos! O, ik dacht dat draadloos overal kon! En in de Sahara dan? Ja, draadloos is toch zonder draad! Ja, en? In de Sahara is toch ook geen draad, dus...!'

'Hé jongens, stil eens, ik heb verbinding!'

Dat is Kristof. Kristof heeft altijd zijn laptop in de buurt. Als motten rond een lamp zwermen we rond het scherm.

'En? Wat zie je?' vraagt Vandromme. Onze assistent-regisseur is er ook bij komen zitten en wrijft nerveus over zijn kin.

'Facebook.'

'En Heidelinde?' vraagt Vandromme. 'Kun je haar zien?'

'Ze is niet online.'

'Maar zie je wat ze doet?' vraagt Vandromme.

'Nee, want ik ben geen vriendjes met haar.'

'Hoezo, jij bent geen vriendjes met haar?'

'Op Facebook, bedoel ik. Ik ben geen Facebook-vriendje.'

'En in het echt? Ben je in het echt wel vriendjes met haar?'

'Tuurlijk wel,' zegt Kristof verontwaardigd.

'Kun je dan niet zien waar ze zit *in het echt*?' vraagt Vandromme. Leraren stellen soms zulke *rare vragen*!

'Nee, sorry, dat kan ik niet,' zegt Kristof, en hij klapt boos zijn laptop dicht.

Iedereen slaakt een kreet van teleurstelling, en Vandromme schudt het hoofd.

'Bedankt voor de moeite, Kristof, maar we spelen hier geen *virtueel* toneelstuk! We moeten haar *in het echt* vinden!'

'Oké, dan gaan we haar *in het echt* zoeken!' roept Sanne. 'Nu meteen! Wie gaat er mee?'

'Ik, ik, ik, ik!'

Alle handen gaan omhoog, en Sanne neemt de organisatie in handen: 'Gert en Bart, jullie gaan in het park zoeken! Johnny en Adri, jullie nemen de winkelstraten! Kristof en Alex, jullie zoeken in... tja, waar kan ze nog zitten...?'

'Thuis misschien...?'

'Goed bedacht! Oké, Kristof en Alex, jullie gaan bij haar thuis kijken. Yentl en Lilith, jullie bellen naar de flikken bij de Cel Vermiste Personen en...'

'STOP!'

De scheermesstem van Hofman.

'Niemand gaat ergens heen! Of zijn jullie vergeten, dames en heren spelers, dat we hier binnen exact twintig minuten een toneelstuk moeten opvoeren?'

'Maar meneer, er is iemand *vermist*!'

'Ja meneer, en zonder Julia is er toch geen *Romeo en Julia*?'

Dan steekt Vandromme twee kalmerende handen omhoog.

'Rustig, jongens, rustig! Ten eerste, Heidelinde is nog maar zeventien minuten te laat. En zeventien minuten te laat betekent nog niet dat iemand vermist is! Als dat zo was, dan moest onze portier elke schooldag wel honderd keer de Cel Vermiste Personen opbellen! Heidelinde kan nog altijd komen opdagen!'

'En ten tweede, meneer?'

'En ten tweede: beter geen Julia dan helemaal geen acteurs! Dus iedereen blijft hier!'

'Maar meneer...'

'En desnoods neemt iemand anders haar rol wel over!'

'Ja, desnoods neem *ik* haar rol wel over!' zegt Hofman.

'Maar...'

'Maar...'

'MAAR...'

Die laatste, luide 'MAAR' komt van Deevid, die ineens opvallend bleek ziet.

184

'Nee, Deevid, géén commentaar!'

Deevid draait zich naar me toe. Zijn blik is onbeschrijfelijk, en ik weet heel goed hoe hij zich voelt: als in mijn nachtmerrie.*

'Maar menee...'

'En nu geen woord meer! Iedereen gaat naar zijn plaats en begint aan zijn opwarming!'**

Na enige aarzeling en hier en daar wat gemopper beginnen alle spelers toch door elkaar te lopen en te zoemen en te gorgelen en te neuriën en te bekkentrekken alsof ze allemaal het wereldrecord grimassen willen breken. Maar tussendoor kijkt iedereen ook naar de grote klok aan de muur, en die wijst negentien voor acht. Over negentien minuten is het zover. Met of zonder Julia.

En op alle gekke gezichten van alle spelers staan ongelooflijk veel vragen te lezen. Zal ik mijn tekst wel onthouden? Zit mijn moeder in de zaal? Zit mijn vader in de zaal? Wat zal mijn oma denken? Zal ik niet struikelen over mijn zwaard? Zal ik nog eens naar de wc gaan voor

---

*Zie deel 4, pagina 139!

**Ja, dat was ik vergeten te vertellen: Hofman vond dat we vóór elke repetitie (en dus ook vóór de voorstelling) onze stem en onze keel moesten opwarmen. Een of ander regisseurstrucje waarschijnlijk. En die opwarming bestond uit een soort gezoem en gegorgel en keelgeschraap, gevolgd door een soort gekkebekkentrekkerij waarbij je je tong zo ver mogelijk moest uitsteken en dan ronddraaien en daarbij je mond zo wijd mogelijk opensperren enzovoort. Op een keer had Alex zijn mond zo wijd opengesperd dat hij hem niet meer dicht kreeg, en we hebben van de gelegenheid gebruik gemaakt om zijn tanden te poetsen. En dat was hoog tijd, want zijn directe tegenspeler (Kristof) had ermee gedreigd dat hij enkel nog zou spelen met een gasmasker op als Alex zo uit zijn bek zou blijven stinken.

het begint? Of zal ik wachten tot in de pauze? Zie ik er niet te belachelijk uit in deze jurk? Zit mijn haar oké? En waar is Heidelinde? Waar is Heidelinde? Waar is Heidelinde? WAAR IS HEIDELINDE?

En Hofman houdt de zaak nauwlettend in het oog.

'Komaan, mensen, opwarmen! Het komt in orde! Het komt in orde!'

'Hoe dan, meneer?' vraagt Sanne.

'Dat weet ik niet, Sanne, dat is een mysterie! Maar het komt in orde, dat beloof ik je!'

En zo blijft iedereen braaf zijn stem opwarmen, onder het alziende oog van Hofman.

Iedereen, behalve ik.

3 Zoeken naar Julia

Vandromme en Hofman stonden druk fluisterend te overleggen, alle acteurs liepen te prevelen met hun tekstbrochure in hun hand, of ze liepen te neuriën en te bekkentrekken of ze stonden aan te schuiven bij de wc of ze zaten op de wc, en ze deden wel allemaal keihard hun best om niet te laten merken dat ze aan Heidelinde dachten terwijl je zo aan de gezichten kon zien dat iedereen daarmee bezig was, kortom, iedereen was druk bezig en *niemand lette op mij.* Dit was mijn kans.

Zo onopvallend mogelijk schoof ik naar de zijdeur, trok die met een snelle ruk open en het volgende ogenblik stond ik buiten.

Ik *moest* Heidelinde gaan zoeken, en *ik* moest het doen, dat was toch duidelijk! Wie anders? Wie was haar vaste vriend sinds 19 dagen, 13 uur en 50 minuten? Ik toch? Tot nader order? En *iemand* moest toch zijn verantwoordelijkheid nemen? Mijn moeder en mijn debiele broertje zouden misschien ontgoocheld zijn dat ze me niet als pater Lorenzo op het toneel zouden zien schitteren, en de 498 andere toeschouwers misschien ook een beetje, maar dat moest dan maar. Als ik moest kiezen tussen persoonlijke ambitie en het redden van een geliefde vermiste persoon, tja, dan stond mijn keuze toch vast? Trouwens, achteraf zouden mijn moeder en mijn broertje vast heel trots op me zijn als ze de krantenkoppen zouden lezen: 'HELDHAFTIGE JONGE ACTEUR VINDT

VERMIST MEISJE TERUG!' en als ondertitel 'OFFERT
ZIJN PERSOONLIJKE AMBITIES OP OM VRIENDIN TE
REDDEN UIT DE HANDEN VAN RUSSISCHE MAFFIA!'

Want dat Heidelinde ontvoerd was, dat was inmiddels
wel overduidelijk! Geef toe, wat kon het anders zijn?
Heidelinde wou zó graag die rol spelen, dit was echt háár
avond, ze keek hier zó naar uit (tot mijn eigen droefenis
en wanhoop, dat zei ik al, wegens de verkeerde Romeo,
maar dat was nu even niet van belang!), ik bedoel: ik kon
echt geen enkele reden bedenken waarom ze te laat zou
komen! Uitgerekend vandaag! Komaan zeg, Heidelinde
kwam niet eens te laat op een gewone schooldag! Wat
zou ze dan nú te laat komen!

Nee, de enig mogelijke verklaring voor haar plotse,
mysterieuze verdwijning was een HEEL ERGE VERKLA-
RING: een vreselijk ongeluk bijvoorbeeld (maar dat hadden we intussen dan wel gehoord, gillende sirenes en
zo), of een ontvoering door de Russische maffia! Een andere mogelijkheid zag ik écht niet. *

En dus stond ik daar aan de zijdeur van de feestzaal
van onze school, nogal nerveus en bang, dat geef ik toe,
maar vastberaden, jawel, in een klein donker steegje
aan de rand van onze school, en ik tuurde in de donkere nacht naar de duistere huizen van onze stad, die daar
ogenschijnlijk zo vredig lag te slapen, en ik vroeg me af
achter welk raam, achter welke gevel ik mijn geliefde
Heidelinde moest gaan zoeken. Waar zouden die gang-
sters, die bandieten, die terroristen, haar gevangen hou-

* Heel even had ik ook aan Al Qaeda gedacht, maar de Russische
maffia leek me waarschijnlijker. Al Qaeda lijkt me meer gespeci-
aliseerd in bommen en vliegtuigen. En torens.

den? De stad was groot, en de tijd was kort, maar ik had geen keuze!

Nu of nooit, dacht ik, en met vaste tred stapte ik het steegje in, de donkere nacht en de duistere stad tegemoet, toen ik ineens EEN IJSKOUDE HAND IN MIJN NEK voelde!

O HELP, daar waren ze al! Ze hadden me te pakken! Als een bankschroef klemde de hand zich om mijn nek, ik hapte naar adem, ik stikte – o nee, help, help, politie!

'Sig!' siste een stem in mijn oor.

Hé, die stem kende ik!

Stomverbaasd draaide ik me om.

Nou moe, de maffia zag er echt bizar uit tegenwoordig! Die gangster droeg een groene leren broek, een knalgeel T-shirt met een zwarte smiley en een zilveren jasje!* Maar toen zag ik wie het was die mijn nek omklemde, en ik haalde opgelucht adem. Enfin, een klein beetje adem.

'Deevid? Ben jij het?' piepte ik.

'Natuurlijk ben ik het! Wat had je gedacht? De Russische maffia? Al Qaeda?'

'Nou...'

Hij zuchtte snel.

'Luister, Sig,' zei hij, 'jij moet terug naar binnen.'

'Wat?'

'Je hebt me gehoord: jij gaat terug naar binnen.'

---

* De kostuums waren inderdaad een tikje anders geworden sinds de paarse panty's. Mercutio (de vriend van Romeo) droeg nu een nazihelm en een mouwloos leren vest op zijn blote vel, en pater Lorenzo (ikzelf dus) was nu een hippie met een schapenwollen vest en een kruis op zijn voorhoofd getatoeëerd. Cool hè?

'Ja maar, ik moet...'

'Ik weet het, ik weet het: jij vindt dat je Heidelinde moet gaan zoeken, maar dat moet jij niet doen.'

'En waarom dan niet?' stoof ik op.

'Omdat ik dat moet doen!'

'Jij? Jij? Jij?'

'Ja, ik, ik, ik.'

'En ik dan?'

'Wat, jij?'

'Nou, ik ben wel haar vaste vriend weet je wel! Al sinds...'

'...heel lang, ik weet het, Sig, ik weet het. Maar daarom juist...'

'...19 dagen, 13 uur en 51 minuten!' zei ik nijdig.

Verrast keek Deevid me aan, en ik voelde me meteen een beetje stom. Ik vroeg snel: 'Oké. Maar waarom... eh... waarom jij?'

'Omdat ik Romeo ben,' zei hij.

'Huh...?'

'En Romeo moet op zoek gaan naar Julia. Dat is zijn taak.'

'Huh...?'

Waarschijnlijk moet ik er op dat moment vreselijk stom hebben uitgezien, want Deevid pakte me bij mijn twee schouders vast en begon me stevig door elkaar te schudden.

'Sig!' zei hij. 'Luister goed naar wat ik je nu ga vertellen. Ik heb hier goed over nagedacht.'

'Jij, nagedacht?'

Oeps, dat was eruit voor ik het wilde. Ik wilde dat ik mijn tong eraf kon bijten.

'Eh, Deev, sorry, ik...'

Deevid boog het hoofd en keek lang naar de grond. Heel lang.

'Sorry, man, tchaw zeg, ik wilde echt niet...'

Toen hief Deevid langzaam zijn hoofd op en keek in mijn ogen. Zijn blik was alweer onbeschrijflijk. Deevid had veel onbeschrijflijke blikken de laatste tijd.

'Je hebt gelijk, Sig,' zei hij.

Ik slikte.

'Maar ik bedoelde helemaal niet dat...'

Maar hij schudde het hoofd en zei: 'Ik ben misschien wel Romeo, maar ik ben geen fluit waard op het toneel. Ik ben een beroerde acteur, ik stink op dat toneel, nog harder dan Alex. En jij, jij bent een keigoede Romeo, dat weet ik wel.'

'Maar, maar... ik dacht dat je je zo goed voelde? Daarnet was je nog zo...'

'Ach, allemaal komedie! Peptalk! Ik doe het in mijn broek, ik zweer het je! Luister Sig, ga naar binnen, zeg tegen Hofman dat Romeo Julia gaan zoeken is en dat er een nieuwe Romeo is, en ik zorg voor de rest...'

Hij wou al gaan, maar ik hield hem tegen aan zijn arm.

'Eh, Deevid...'

'Ja?'

'Je weet toch dat het gevaarlijk kan worden!?'

'Gevaarlijk? Heidelinde zoeken? Wat is daar nu gevaarlijk aan?'

'Tja, je weet maar nooit...'

'Je gaat toch niet beweren dat ze ontvoerd is door de Russische maffia?'

'Nou...'

Hij keek me hoofdschuddend aan.

'Soms ben jij zo vreemd, man!' zei hij. Toen gaf hij me

weer een dreun op mijn schouder.

'Komaan, Sig, actie! We moeten voortmaken! Geen tijd te verliezen!'

'Je hebt gelijk!' zei ik.

'Natuurlijk heb ik gelijk!' grijnsde hij, en toen begon hij ineens over iets anders. 'O ja, Sigi. Nog één ding.'

'Wat?' vroeg ik.

'Tchaw, dat is eigenlijk "ciao"...'

'Ja, en?'

'Dat is Italiaans, en het betekent gewoon "tot ziens".'

'O.'

'Dat wilde ik je nog zeggen.'

'Ja. Oké. Dank je.'

Toen draaide hij zich om en verdween met snelle stappen in de nacht.

Maar nog geen twee seconden later stond hij daar weer. Hij trok gejaagd zijn jasje uit en begon aan zijn groene broek te sjorren.

'Bijna vergeten!' hijgde hij. 'Zonder dit kostuum zou je maar een mal figuur slaan. Kom, geef me je kleren, snel!'

We ruilden razendsnel van kleren en nu verdween hij echt in de nacht, gekleed in mijn schapenjas en mijn hippiebroek. Povere vermomming om de Russische maffia te verschalken, dacht ik nog.

En terwijl ik hem zo in de duistere nacht zag verdwijnen, bedacht ik ook dat ik heel veel redenen had om hem te wantrouwen. Immers: vanwaar die plotse haast om Heidelinde te gaan zoeken? En waarom stond hij ineens zijn felbegeerde Romeo-rol af aan mij, zijn grootste rivaal? Om zijn leven te gaan wagen voor iemand die tóch zijn vriendin niet was? Of wist hij misschien allang waar ze was? Hadden ze ergens afgesproken? Stond zij bijvoorbeeld bij het station op hem te wachten, met haar koffers in de hand? Om zo meteen de trein naar de luchthaven te nemen en daar op een vliegtuig naar de Bahama's of naar Benidorm te stappen en daar voor altijd samen met hem te blijven, aan het strand te liggen en 7 kinderen te krijgen?

Maar vreemd genoeg had ik alle vertrouwen in mijn vriend. Mijn beste vriend.

En, nog vreemder: zelf voelde ik me voor het eerst een beetje Romeo.

Lag dat aan de groene leren broek, het knalgele T-shirt en het zilveren jasje?

Ook, dacht ik, ook. Maar er was ook iets anders.

Wat nu, dacht ik. Wat nu, wat nu?

Ik haalde diep adem, opende het zijdeurtje van onze feestzaal en stapte naar binnen.

4 Een beetje Romeo

Er viel een doodse stilte toen ik binnenkwam en iedereen keek me aan.

De grote klok wees zeven voor acht.

'Bosmans!' riep Hofman, toen hij me zag.

'Nee, Vandebeek!' riep Vandromme, toen hij me herkende.

'Bosmans, wat doe jij in het kostuum van Vandebeek? En waar is Vandebeek? Nee, ik bedoel, andersom! Vandebeek, wat doe jij in het kostuum van Bosmans? En waar is Bosmans?' gilde Hofman.

Ik keek ze glimlachend aan. Het zweet liep in dikke druppels van hun voorhoofd. Het is altijd leuk om zwetende leraren te zien.

'Deevid is Heidelinde gaan zoeken,' zei ik. 'En nu ben ik Romeo.'

'Wat, wat, wat?' gilde Hofman.

'Wat, wat, wat?' gilde iedereen, en iedereen kwam om ons heen staan.

'Stil, jullie allemaal, en gorgelen!' snauwde Hofman, en iedereen begon braaf weer te gorgelen.

'Ken je de tekst?' vroeg Vandromme.

'Ieder woord,' zei ik. 'Ik heb hem zelf geschreven.'

'Niet waar, dat was Shakespeare!' snauwde Hofman, terwijl hij het zweet van zijn voorhoofd wiste. Vandromme wierp een verstoorde blik op Hofman en richtte zich toen weer tot mij.

'Heidelinde?' vroeg hij.

Ik haalde hulpeloos mijn schouders op, ik kon hem echt niet helpen. Hij wisselde een blik met Hofman. Die haalde ook zijn schouders op.

'Het komt in orde,' bromde Hofman, 'dat weet ik zeker.'

'Maar hoe?' vroeg Vandromme.

'Dat weet ik ook niet. 't Is een mysterie.'

Hofman had een smerig karakter, maar soms had hij het bij het rechte eind. Hij keek naar de klok, en zei, zonder me aan te kijken: 'Jij daar, dichter van de mist! Vandebeek!'

'Ja?' zei ik.

'Weet je zeker dat jij Romeo kunt zijn?'

'Zeker!' zei ik ferm.

'Oké, houd je dan maar klaar! Jij begint meteen in scène 2!'

'En Julia?' vroeg Vandromme.

'Julia komt pas op in scène 5, dat geeft ons nog zo'n 20 minuten extra!'

'En komt het dan in orde?'

'Ja!' zei Hofman in een zucht.

'Oké dan. Ga maar, Sigi, houd je klaar!' zei Vandromme.

Ik klom het trapje op en ging aan de linkerkant van het podium staan. Ik haalde zo diep mogelijk adem om het bonken van mijn hart te bedwingen, en probeerde niet te denken aan die basketbal die in mijn maag zat. Aan de overkant van het podium zag ik Alex, Kristof, Cédric en Gert in het halfduister staan. Zij stonden zogezegd ontspannen te babbelen en maakten hun nagels schoon met hun zwaarden. Maar ik zag de angst in hun ogen blinken. Bij Alex zag ik de angst in zijn snotpegel blinken.

Toen gebeurde het. Het zaallicht doofde langzaam uit (de kier in het gordijn werd donker), het geroezemoes viel stil (als vijfhonderd stemmen ineens samen zwijgen, dan levert dat een geweldige stilte op!), het doek zwaaide open en de spots floepten aan. Alex, Cédric en Kristof stapten in het witte licht en...

HET BEGON!

En het was fantastisch.

De zwaarden kletterden tegen elkaar, er werd geroepen en gescholden, en het was net echt, alsof twee gevaarlijke straatbendes elkaar naar de strot vlogen. Ze huilden als wolven, ze blaften als honden en ze schreeuwden als hese meeuwen. En het publiek riep 'ooo' en 'aaa', als bij een actiefilm.

Hé, Capuletti, kattenjong, zoek je ruzie, miauw, miauw?
Ach man, jij Montacchi, je kop zit nog vol snot, wil je een zakdoek?
O, is meneer op zijn pikje getrapt? En waar zit dat dan, dat pikje?
Et mon poing, tu le vois mon poing ? Et tu le veux sur ta gueule ?

(Dat was Cédric. Hij mocht af en toe een zin in het Frans zeggen, en hij was in de wolken, en hij deed dat zeer, zeer goed. Hop, daar ging hij alweer, zijn zwaard danste in de lucht en sneed bijna de neus van Kristof eraf!)

Toen kwam Gert Acné op als de Prins, gekleed in een prachtig wit marine-uniform, en hij schold de vechters de huid vol, overtuigender dan Hofman zelf.

Onnozelaars! Hondsvotten! Ruziemakers! Kleine kinderen!
Genoeg, genoeg, het is genoeg geweest!
Deze stad kotst van jullie geweld!
Jullie denken dat jullie stoer zijn, met jullie prikzwaardjes en jullie Hawaï-hemdjes, maar ik krijg het vliegend snot* als ik jullie namen hoor!

Ademloos keek ik toe van op de zijlijn, en ik had daar wel voor altijd kunnen blijven staan, als toeschouwer, veilig in het donker, maar toen begon scène 2 en Johnny Emo (die de vader van Romeo speelde) kwam op en riep:

Hé, Romeo, waar zit je, Romeo!

En ineens was ik geen toeschouwer meer.
Ik moest op.
'Wat is daar nu gevaarlijk aan?' had Deevid me gevraagd, nog geen vijf minuten geleden.
O, hoe benijdde ik hem op dit moment!
Duizend keer liever ging ik de voltallige Russische maffia met de blote hand te lijf dan deze stap te moeten zetten! Dit podium, dit toneel, badend in dat witte licht... En ik, geheel alleen in dat mijnenveld, bekeken

---

*Eigenlijk had Gert 'de slappe schijt' willen zeggen, maar dat mocht niet van Hofman. 'Het vliegend snot' was een vondst van Alex, wat had je gedacht.

door wel duizend ogen... Dit was écht levensgevaarlijk!

'Psst, Vandebeek! Komt er nog wat van? Je moet gaan!' siste Hofman.

EN IK GING!

En het ging.

In de eerste scène is Romeo snotverliefd (niet op Julia, maar op een zekere Rosalinde) en hij is totaal ongelukkig van liefdesverdriet, een rol die me op dat moment op het lijf geschreven was, ha ha!

Ik zei mijn zinnen en ik luisterde naar de antwoorden.

Soms klonken die antwoorden als die van mijn moeder ('Romeo, waarom vertel je me niks? Waarom eet je niks? Waarom doe je toch zo raar? Ik ben toch je moeder? Als je niks meer tegen je moeder kan vertellen, tegen wie dan wel?').

En soms klonk ik helemaal als mezelf. ('Hé, is dit een politieverhoor of wat? Moet ik dan echt heel mijn leven aan iedereen vertellen? Heb ik dan géén recht meer op een beetje privacy? Ja, dag hoor, ik ga naar mijn kamer!') En dan mocht ik woest het toneel af lopen en keihard met een deur knallen (maar niet té hard, want het was maar een kartonnen deur en als ik te hard knalde stortte het hele decor in).

Het ging. Het ging zelfs heel goed, het publiek was stil, hield af en toe de adem in en lachte op de juiste momenten. Af en toe was er zelfs een beetje applaus, waarschijnlijk van mijn moeder en mijn debiele broertje – snapten die nu écht niet dat je alleen op het einde mocht applaudisseren? Ze deden dat expres om mij belachelijk te maken, ik wist het zeker!

Maar natuurlijk ging er geen seconde voorbij dat ik niet aan Heidelinde dacht.

En aan Deevid en de Russische maffia.

Ik liep het toneel af, knalde met een kartonnen deur en ik keek vragend naar Vandromme: is ze er al?

Maar Vandromme haalde hulpeloos zijn schouders op. Ik keek naar de klok. Twaalf over acht. Nog acht minuten en ze moest verschijnen. Nog acht minuten voor het mirakel. Ik liep tot bij Vandromme en vroeg: 'En?'

'Nog altijd niks,' fluisterde Vandromme. 'Maar kijk daar eens... de redding is nabij!' Hij wees naar een afgelegen hoekje van de coulissen en mijn adem stokte.

Hofman was zich aan het omkleden. Hij had al een rode jurk aangetrokken en probeerde nu een blonde pruik.

'U meent het niet!' zei ik.

'Hij wel!' zei Vandromme.

'Ik ook,' slikte ik, 'want straks moet ík hem kussen!'

'*Dulce et decorum est pro patria mori,*'* zei Vandromme.

'U zegt het,' zei ik.

Romeo, o Romeo, waar blijf je! riep Johnny op het toneel.

'Je moet weer op,' zei Vandromme.

'Toe maar,' mompelde ik, en daar ging ik weer.

Romeo Vandebeek.

Wanhopig op zoek naar Julia Vermeylen.

---

* Hoe zoet en eervol is het om voor het vaderland te sterven (!)

Romeo, jij rotjong, waar zit je nu weer, jij vlerk, jij vlegel!
Kom nu toch eens, als je vader je roept!
Ik kom, vader, ik kom!

De klok wees zestien over acht.

Nog vier minuten voor een bijna onmogelijk mirakel.

Daarna zou ik Hofman moeten kussen.

Ach, hoe benijdde ik Deevid op dit moment!

En hoe haatte ik hem tegelijkertijd!

Want misschien zat hij op dit moment wel samen met mijn geliefde Heidelinde in een vliegtuig naar de Bahama's en maakten ze al plannen over de naam van hun eerste kind!

Maar het kon ook zijn dat ze op dit moment allebei gegijzeld werden door de Russische maffia, en dat er zo meteen een envelop aan ons zou worden bezorgd, met daarin de afgesneden pink van Deevid en een eis om 500.000 dollar losgeld, in kleine biljetten! Of, o gruwel, de pink van Heidelinde! Met de roze gelakte nagel!

Ach, ik wist het allemaal niet meer.

Romeo, o Romeo, waar blijf je! riep Johnny Emo, mijn toneelvader.

Ik kom, o vader, ik kom! riep ik, en daar ging ik alweer. Toneelspelen is een mooi, maar hard beroep.

5 Julia on stage

En ineens ging het niet meer.

In de volgende scène moest Romeo naar een feest, en hij had er totaal geen zin in, en zijn beste vrienden Mercutio* en Benvolio probeerden hem te overhalen, maar Romeo zei dat hij echt totaaltotaaltotaal geen zin had, zijn voeten wogen als lood en zijn maag voelde alsof hij tien BigMacs gegeten had en hij kon maar aan één ding denken, en dat was aan zijn verloren geliefde, en zijn vrienden zeiden: 'Komaan, Romeo, doe niet zo flauw, het zal je goeddoen!', maar zoals alle verliefde mensen die door hun vrienden worden geholpen wilde Romeo helemaal niet door zijn vrienden worden geholpen en hij riep kwaad: 'Goeddoen, goeddoen! Hoe kunnen jullie randdebielen in godsnaam weten wat mij goeddoet? Ik zal zelf wel beslissen wat mij goeddoet!'

En woedend stormde ik het podium af, ik moest nog even met iets knallen (een kartonnen deur of zo), ik struikelde het trapje af en liep recht op Vandromme af: 'Hoe zit dat, assistent-regisseur!? Wie moet ik hier kussen voor die volle zaal? Koning Albert? De directeur? Meneer Hofman? Laat maar weten hoor! U vraagt, wij draaien!'

'Sst!' deed Vandromme, en hij wees op het grote bord

*Mercurochroom, weet je nog? Ha ha!

'NIET PRATEN MAAR FLUISTEREN! DE ZAAL LUIS-
TERT MEE!' dat achter hem aan de muur hing.

'En doe niet zo sst tegen me!' fluisterde ik zo hard ik
kon. 'Ik wil wel fluisteren, maar ik zal zelf wel beslissen
of ik zwijg of niet! Moet ú soms meneer Hofman kussen? Bent ú soms uw vriendin kwijt? Hè?!'

'Sigi...' zei Vandromme.

'En zeg niet zo Sigi tegen me!' siste ik. 'En waar is
die Hofman nu? Ah, ik zie hem al, met zijn potsierlijke
pruik en die stomme rode jurk! Pff, wat een belachelij-
ke vermomming zeg! En dat moet Julia voorstellen! De
zaal zal nogal lachen, zeg! Een *kind* kan zien dat dat geen
echt meisje is! En dan zie ik alleen nog maar de achter-
kant!'

'Sigi...' zei Vandromme nog eens, maar ik duwde hem
opzij en liep naar de rug van Hofman toe.

'Komaan, meneer Hofman, bent u er klaar voor? Wat
moet, moet! Gaan we naar het feest bij de Capuletti's?
Want daar moet ik verliefd op u worden, toch? En daar
moet ik u toch kussen?'

'Sigi...' zei Vandromme voor de derde keer, en dat
maakte mij zo kwaad dat ik bijna ontplofte, maar op dat
moment draaide Julia met de rode jurk en de potsierlijke
blonde pruik zich om.

En ik werd zo stil als ik van mijn hele leven nog niet
was geweest.

Het was Heidelinde.

Heidelinde.

Ik geloofde mijn ogen niet, natuurlijk, maar ik moest
wel, want voor mij stond mijn goddelijke, prachtige Heidelinde, mijn enig echt prachtig lief, de liefde van mijn
leven, de zegen van mijn bestaan, nu al sinds een volle 19

dagen 14 uur en 34 minuten.

Heidelinde stond vlak voor mij, en ze zag er stralend uit. Zeker voor iemand die daarnet nog gegijzeld was door de Russische maffia.

'Zo,' zei ze. 'Een kind kan zien dat ik geen echt meisje ben, hè?'

'Heidelinde, ik...' zei ik, maar ze legde een vinger op mijn lippen.

'Sst,' zei ze.

'Maar hoe... en waarom... en waar...?' stamelde ik.

Ze lachte en zei: 'Gewoon. Ik wilde alleen spelen met de juiste Romeo.'

Ik haalde diep adem, keek diep in haar ogen, deed mijn mond open om van alles te zeggen, maar ze schudde lachend het hoofd en zei: 'Straks.'

Toen pakte ze mijn hand.

'Kom,' zei ze, 'we worden op een feest verwacht, geloof ik...'

En hand in handen stapten we het toneel op en het doek schoof voor ons open als de Rode Zee voor Mozes.

De klok wees twintig over acht. Het mirakel was gebeurd.

6 Sigi en Julia (!!!)

(Romeo en Julia, door William Shakespeare, bewerking S. Vandebeek)

(Romeo en Julia ontmoeten elkaar op het feest. Bijna per ongeluk raken hun handen elkaar.)

Romeo: Oh, excuseer, mooie dame. Het spijt me dat mijn hand uw hand aanraakte.
Julia: Als het u spijt, haal dan uw hand weg.
Romeo: Wilt u dat dan?
Julia: Heb ik dat dan gezegd?

(Ze leggen hun handpalmen tegen elkaar.)

Romeo: Kijk, onze handen kussen.
Julia: Ik dacht dat enkel lippen kussen konden?
Romeo: Laat onze lippen dan de handen nadoen.

(Ze kussen. Lang.)
(Heel lang.)
(Heel, heel lang.)
(Heel, heel, heel lang!)
(Het publiek wordt onrustig. Hofman en Vandromme staan in de coulissen te zwaaien en te roepen en te sissen: 'Psst! Stoppen! Nu stoppen met kussen! Nu! Verder spelen! Tekst, tekst!' en 'Romeo! Julia! Verder spelen! Vandebeek en Vermeylen!

Niet meer kussen! Of anders honderd uur strafstudie!' Maar niets helpt. Romeo en Julia blijven kussen en kussen, tot het gordijn langzaam dichtschuift en het publiek in een geweldig applaus losbarst.)

EINDE.

DOEK.

Gratis en exclusief bijvoegsel:

De tien wetten van S. Vandebeek

1. Volwassenen hebben dezelfde gebreken als jongeren, maar dan erger.

2. Moeders horen alles wat ze niet moeten horen, en luisteren nooit als ze moeten luisteren.

3. Leerkrachten zijn ook mensen, maar het is op het randje.

4. Als de film niet goed is, moet je zappen. En al wie de zapper niet terugvindt is een loser.

5. De school zou best draaglijk zijn als ze een heel klein beetje later zou beginnen (ongeveer 3 uur) en een heel klein beetje vroeger zou eindigen (ook ongeveer 3 uur).

6. In tegenstelling tot wat veel volwassenen beweren, is geduld een van de sterkste eigenschappen van jongeren. Welke volwassene zou het immers 7 uur per dag, 5 dagen per week volhouden op een te kleine schoolbank met een hard houten zitvlak en een harde houten rugleuning, terwijl hij moet luisteren naar dingen die hem totaal niet interesseren, en die verteld worden door totaal oninteressante mannen en vrouwen die zich evenmin interesseren voor de totaal oninteressante dingen die ze vertellen?

7. Gezond eten is nooit lekker. Lekker eten is bijna nooit gezond.

8. Opgekauwde kauwgum hoort maar op één plek thuis, en dat is onder het zitvlak van een stoel of bank, in om het even welk klaslokaal.

9. Op tijd komen is een relatief begrip.

10. Er is maar één soort pizza, en dat is de pizza Hawaï van Dr. Oetker.

Lees ook *Goed bezig, Sigi!*

Sigi is geniaal (vindt hij zelf) maar helaas loopt het ook wel eens geniaal mis!

Ik heet Sigiswald en daar kan ik niks aan doen, dat is de schuld van mijn idiote ouders.

En ik ben jarig op 14 juni. Jawel, KNAL MIDDEN IN DE EXAMENS!

Mijn verjaardagsfeestjes duren gemiddeld 15 minuten.
(Eén kaars uitblazen, één stuk taart en één glas cola en dan hop terug naar je kamer, Sigi, want morgen heb je aardrijkskunde!)

En wie zijn schuld is dat, denk je? Precies!

Ik ben gemaakt in oktober, precies negen maanden vóór de examens!

'Tja, wie denkt daar nu aan op zo'n moment?' zegt mijn moeder.

Ja, hallo! En dat zijn dus onze ouders!

WIE GELOOFT DIE MENSEN NOG?